Joemercado10 presenta:

Joe M. Mercado-Rivera

Para más información:

http://www.joemercado10.com

Diseño de Portada por: Sugar_dells

ISBN: 979-8-9935390-0-3

First Edition: January 2026

Para ti,

que fuiste la inspiración y el latido de estas palabras.

Que estas líneas sean testimonio eterno

del amor profundo, del impacto imborrable

y del tiempo que compartimos.

Gracias por haber existido,

y por haber sido tú.

CAPÍTULO UNO

Jay

El agua estancada del charco me acaricia el tobillo. Mis chanclas, mezcla de agua y tierra, me recuerdan con cada paso lo tarde que voy a la clase. El corazón se me acelera y la respiración se vuelve aguda; trato de no desmayarme. Esta es la última vez que le digo que sí a la supervisora para quedarme unas horas más en el hospital. Gracias a eso, dormí apenas cuatro horas, la alarma no me levantó y para empeorar las cosas, tampoco había desayunado.

Una señora salió de una panadería justo cuando paso y casi me la llevo enredada. Traté de pedirle perdón, pero no tenía aire suficiente para vocalizar. No puedo llegar tarde el primer día. Me lo repetí mil veces y, aun así, aquí estoy, corriendo, sin aire, cuestionando si valía la pena tomar una clase de natación a las siete de la mañana.

Llego al cruce justo cuando el semáforo peatonal cambia a rojo. Una ola de carros pasa frente a mí, cada uno extendiendo el tiempo que no tengo. El sudor me baja por la espalda, frío, pegajoso. Me quedo quieto, tratando de recuperar la respiración. Inhalo, lo más profundo que puedo. Exhalo, pero no ayuda. El tráfico sigue, mis piernas quieren seguir corriendo, pero el mundo me obliga a resistirme. Tengo ganas de pelear, gritar o simplemente rendirme. No tengo tiempo para pensar, pero igual lo hago. Pienso en todo lo que estoy haciendo, todo lo que se supone que debo lograr, todo lo que tengo que sostener sin soltarme a mí mismo. Antes de caer en una crisis existencial, el semáforo cambia a verde.

Llego a la universidad, tratando de llegar a la estación. Sin embargo, cuando doblo la esquina, el trolley comienza a moverse.

—¡No! —grito mientras acelero.

Mis pies golpean la acera, pero ya el trolley se marchó. Me detengo solo un segundo, respirando hondo, y sin pensarlo, sigo corriendo. No tengo tiempo de estar frustrado, la clase empieza en menos de cinco minutos, y el complejo de la piscina está al otro lado de la universidad. No sé de quién fue la idea de hacer la UPR de Río Piedras tan grande. A pesar del cansancio, sigo corriendo. El calor del sol boricua provoca el sudor en mi frente y el viento de mi velocidad lo seca. En esta carrera, recuerdo que me salté otra vez mi devocional de la mañana.

Me prometí que nunca dejaría que la universidad afectara mi tiempo personal de fe. Que la rutina no reemplazaría el llamado. Sin embargo, aquí estoy, nuevamente rompiendo mi promesa.

—Ay, Dios —susurro, sin aliento.

Sigo corriendo, esquivando estudiantes, escuchando mis propios latidos como tambor en los oídos. Y, aun así, lo que más retumba es ese sentimiento, esa presión donde antes sentía a Dios claro como el agua y que ahora… se siente tan lejos. Desde aquel retiro en Jayuya, supe que había algo más. Una dirección. Una voz. Pero últimamente, todo se ha llenado de ruido, horarios, proyectos, exámenes, turnos del internado, y en medio de eso, yo me estoy perdiendo.

En la corrida, mi cadena choca constantemente en el pecho, brindando un poco de consuelo. Un regalo de graduación por ser el primero en la familia en entrar a la universidad. La cruz plateada, un recordatorio de las bendiciones que he recibido en la vida y que nunca olvide el camino que Dios me puso. Aunque me lleva a preguntar si mis acciones están traicionando ese llamado. El Pastor David me lo ha dicho mil veces: "No te castigues tanto, Jay; Dios no lleva un reloj de asistencia". Pero, aunque él me lo diga con amor, mi corazón lo traduce como fracaso. Como si todo lo que soy dependiera de cuánto puedo lograr. Mi teléfono comienza a vibrar y saco mis audífonos para hablar mientras sigo corriendo.

—¡Hello! —contesto, apurado.

—Hola, mi amor, ¿cómo está mi futuro doctor hoy? —La voz suave de mi madre se filtra por los audífonos. Una voz que me da consuelo en días tan locos como este.

—Estoy bien, cansado de anoche y tarde para la clase — respondo, tratando de disimular mi cansancio.

—Yo ni sé por qué tomaste esa clase tan temprano. ¿Cuántas veces te he dicho que descanses? —Me regaña, pero con una dulzura que solo una madre puede tener.

—Lo sé, pero necesitaba una clase fácil y… pichea —digo entre suspiros, intentando que no se preocupara tanto por mí.

—Amor, avísame cuándo es tu graduación para comprar los vuelos para tu padre y para mí —exclama con una emoción incomprensible.

Mis padres están en Orlando. Tuvieron que irse ya que la situación económica del país no era la mejor. Yo decidí quedarme para culminar mis estudios y porque no me veo fuera de Puerto Rico; soy como el coquí que, si me muevo de aquí, me muero.

—Claro, dame un break y cuando sepa te dejo saber —le digo, tratando de cortar la conversación.

—Sabes que te amo y estoy orgullosa de ti —dice con mucho entusiasmo.

Esa motivación que ella me da es energía para seguir adelante, pero no voy a negar que también añade un poco de ansiedad. A pesar de todo, prometí no defraudarlos.

—Gracias, mami. Te dejo, que ya llegué a la clase.

Mami se despide y cuelga, me quito los audífonos y entro al complejo. El olor a cloro de la piscina me saluda como la meta de un maratón. Siendo recompensado por dolor en las costillas y una garganta seca.

—¡Vamos! —suspiro, celebrando.

Había llegado justo cuando iba a comenzar la clase. Entre todo el desmadre que pasé, esto es una pequeña victoria que debo celebrar. Me dirijo hasta las bancas donde algunos estudiantes se reúnen y decido tomar asiento en la tercera fila. Honestamente, el cansancio me estaba ganando. Disimulo mi respiración para que nadie supiera la carrera que tuve. Sentía los ojos pesados y estaba cabeceando, tratando de no quedarme dormido. Lo único que me mantenía despierto eran los rayos del sol que iluminaban mis ojos desde la entrada al complejo. De repente, escuché al profesor comenzar a hablar e introducirse.

Han pasado quince minutos, el profesor explica el prontuario y los criterios de evaluación. Quisiera decir que he escuchado lo que ha estado diciendo, pero estaría mintiendo. Sentía cómo la voz del profesor se escuchaba a distancia, mientras mi vista era el interior de mis párpados.

Excuso mi poca atención, ya que puedo leer el prontuario en la miseria que es el programa de Moodle. Sintiendo el sueño dominándome, un sonido escandaloso llena el lugar. El portón del complejo se abrió de golpe, y el ruido me despertó de inmediato.

Parpadeo, intentando sacudir el peso del cansancio. Y entonces, ella apareció, como si el universo me recordara que todavía había algo extraordinario en esta rutina ordinaria. El sol se colaba detrás de ella, pegándome y limitando mi vista. Un brillo dorado me captó de inmediato. Restregué mis ojos, dudando de lo que veía, pero aun con la vista borrosa, una presencia electrizante me envolvía. Mientras mis ojos se ajustaban, empezaba a ver detalles peculiares: su pelo era una mezcla de oro y agua salada, como si acabara de regresar de la playa en lugar de apresurarse a clase. Entró con una confianza que llenaba el lugar, como si los quince minutos de tardanza fueran irrelevantes. Ella no caminaba con la intención de esconder su presencia; avanzaba con paso firme mientras pasaba por el lado del profesor sin disculpas, como si no solo fuera dueña de éste momento, sino de cada instante que había vivido.

La sigo con la mirada, incapaz de apartarla. Mi cansancio desapareció al notar que se dirigía hacia mi área. Se detuvo en los asientos justo delante de mí. Mientras acomodaba sus cosas, su mirada pasó por mí y me regaló una sonrisa rápida, como si no esperara una respuesta. Algo en ese instante dejó mi mente en blanco. Intenté devolverle una sonrisa con la misma confianza, pero los nervios me traicionaron. Solo conseguí una tímida curva de labios. Ella no pareció notarlo y, con la misma tranquilidad, enfocó su atención en el profesor. Proyectaba una energía que yo apenas podía imaginar. Se veía aventurera, extrovertida, espontánea, ambiciosa, segura de sí misma y completamente indiferente al mundo. Todo lo opuesto a mí. No pude evitar pensar cómo se sentiría caminar por la vida con esa clase de actitud. Y por primera vez, pensé que quizás tomar esta clase tan temprano no había sido una mala idea después de todo.

El resto de la clase fluyó como se esperaba. Sin embargo, mi atención solo estaba en esa chica. No solamente era hermosa, sino que su actitud era algo que envidiar. Tenía una confianza que las personas podían percibir y apreciar. Esos momentos en que me concentraba en ella, no podía evitar pensar que debía verme tan "psycho" si llegara a darse cuenta.

—Así que, la semana que viene vengan preparados para meterse a la piscina y traten de no ahogarse, que no tenemos seguro —bromea el profesor, culminando la clase.

Comenzamos a levantaron y recoger nuestras cosas. No es sorpresa que ya hay personas acercándose a ella. Yo me dirijo lentamente a donde esta, fingiendo que estoy en mi teléfono. El deseo de hablar con ella crece en mí, pero tambien el miedo de su posible respuesta.

—Vamos, Jay —susurré para mí mismo, obligando a mis piernas seguir moviendose hacia ella.

Sin embargo, cuando comienza a dirigir su mirada hacia mí, la esquivo. Sentí calor en mis cachetes, fingiendo que mi atención estaba puesta más allá de su hombro. Seguí caminando, sintiendo cómo mi corazón se hundía con cada paso. Le pase por el lado y ellos seguían hablando. La frustración crece dentro de mí. ¿Por qué era tan difícil solo introducirme y decir hola?

Saliendo del complejo, me apoyé contra la pared y cerré los ojos por un momento. La vergüenza interna empezó a formarse de inmediato.

—La próxima vez le hablaré—murmuré.

Pero incluso al decirlo, reconozco mi propia mentira ya que es algo que siempre decía y nunca hacía. Ya me he acostumbrado y aceptado que así soy y no hay nada que puedo hacer al respecto.

CAPÍTULO DOS

Jay

Me ajusté mis googles y repasé mentalmente las instrucciones sobre cómo debía mover los brazos correctamente para nadar. Extendía un brazo hacia adelante, intentando recordar la explicación del profesor sobre girar el torso y mantener la palma hacia abajo, pero mi mano terminaba moviéndose como quería contra el agua. Mis movimientos eran rígidos, casi mecánicos, claramente lejos de la fluidez deseada del profesor. Suspiro, soltando la frustración mientras fingía estar concentrado en mejorar, pero mi mente seguía escapándose hacia ella, atrapada en una cárcel de recuerdos y autocrítica. No podía dejar de pensar en lo ridículo que fui al no hablar con ella la semana pasada.

Observo discretamente cómo ella entra al agua con naturalidad, sonriendo mientras conversa con otros compañeros. ¿Por qué no podía simplemente acercarme y decir algo? Las razones comienzan a invadir mi cabeza. Yo no era lo suficientemente interesante, ella seguramente prefería a alguien más extrovertido o lo más probable es que yo no era su tipo. Mis pensamientos se aceleraban cada vez más, creando más excusas para no hablarle.

—Permiso —escucho una voz a mi lado.

Sigo la voz y ahí está. Esa chica que me ha captado mi curiosida estaba llamando. Me quedo congelado, sin poder procesar que ella me está hablando. Una leve sonrisa decoraba su rostro mientras intentaba hablarme. Y sus ojos... jamás había visto unos ojos tan azules en mi vida. Si digo que son tan azules como el mar o el cielo, no le haría justicia a la belleza que estaba presenciando.

—¡Permiso! —repitió con más fuerza, su voz juguetona.

Con su segundo permiso, caigo en cuenta de que todo este tiempo, he estado mirándola como un estúpido.

—Ay, perdón —respondí para disimular la vergüenza que sentía.

—¿Distraído? —dijo con una risa, no de burla, sino con ternura.

—Puedes decir eso —contesté de manera jocosa —Intentando de hacer lo que el profe trató de explicar.

—¡Qué va! Eso es fácil —respondió riéndose.

Me percaté de su manera de hablar; escuché un acento como europeo. ¿De dónde es? ¿De tantos lugares, porque está en Puerto Rico? Tantas preguntas que tenía, pero, no tenía ni el conocimiento ni el atrevimiento para adivinar ni preguntarle, así que seguí con la conversación.

—¿En qué te puedo ayudar?

—Solo quería saber cuál es el próximo estilo que nos toca aprender. Es que él lo mencionó antes de que llegara a la clase la semana pasada.

—Escuché que era mariposa, pero yo todavía estoy aprendiendo cómo no ahogarme.

—Ay, no digas eso—dice entre risas.

—Aprovecho y te digo que quita puntos por tardanza. Nada vale tomar esta clase fácil y perder puntos por llegar tarde.

—Bueno… trataré —dijo sonriendo, aunque su mirada se desvió por un momento hacia el suelo —Es que me fui a la playa para ver el amanecer y las olas me ayudan a… no sé, sentirme más… libre. Así que perdí la noción del tiempo.

—¿Ah, surfeas? —pregunté. —Eso explicaría la sal que tenias en tu pelo.

—Ah, ¿te diste cuenta?

Mis ojos se abren al descubrir que me delaté, que estuve pendiente de ella. Dios mío, lo más probable sea que esté pensando que soy raro o que la estoy hostigando.

—Pero así mismo es —ella dice, acariciando su pelo—Si ya iba a llegar tarde, aproveché y tomé una ola más.

Comienza a reírse. ¿Cómo podía estar tan relajada para estas cosas? Esta chica ya gastaba la energía que yo usaría en un día en apenas dos horas, y aun se ve tan llena de energía como si tuviera energía de sobra. Comenzamos a salir de la piscina y a dirigirnos a las bancas del complejo, secándose y recogiendo nuestras cosas.

—Quisiera tener esa energía que tienes para hacer eso.

—La puedes tener; solo es buscar lo que amas y hacerlo. – toma una breve pausa, como buscando las palabras —Aunque a veces… no siempre es tan fácil.

—Quisiera tener el tiempo para hacer lo que amo, pero entre una cosa y la otra, terminó esbaratao—Bromeo

—¿Esbaratao? ¿Qué es eso? —preguntó con una confusión genuina.

Me emocioné porque así podría saber de dónde era.

—Es como decir cansado o agotado —le expliqué.

—¡Ahhh, me encanta esa palabra! —dijo emocionada.

—Jaja, ¿Eres de intercambio?

—Sí, soy de Viena y vine a Puerto Rico para un programa de biología marina.

El brillo de sus ojos mientras hablaba evidenciaba cuánto le gustaba hablar de eso.

—Qué cool. ¿De qué es tu bachillerato?

—Estoy en ciencias ambientales —respondió, y su brillo aumentó aún más—. El programa me tiene investigando la diversidad de arrecifes. Siempre me han fascinado los arrecifes; siento que son como pequeños mundos secretos llenos de vida.

—Estás en el lugar perfecto. —le digo, secándome el pelo con la toalla mientras guardo mis cosas en el bulto—Puerto Rico tiene...

—¡Sí! Cuando viajo por todo Puerto Rico, solo pienso que es lo más hermoso que he visto en mi vida —me interrumpió con la emoción de una niña mostrando su juguete favorito—. Este pedacito de tierra es un paraíso, ¡todo aquí me llena de vida! Desde las playas como Flamenco en Culebra hasta la arquitectura del Viejo San Juan. ¿Y sabes qué me vuelve loca? ¡El Yunque! Es un tesoro. Caminar por esas veredas, escuchar el coquí cantando y el olor a tierra mojada después de la lluvia, ¡eso no tiene precio! Todo esto me hace sentir que, a pesar de todo, estaré bien. Es como si aquí nada fuera imposible.

La manera en que hablaba de mi país le daría envidia a cualquier compañía de turismo. Sus ojos brillaban cada vez que detalla cualquier aspecto mínimo que amaba, su energía era contagiosa, pero no puedo negar un nivel de misterio en sus palabras y su tono. Mi curiosidad aumentaba con cada palabra que decía y pasaba por mi mente.

– ¿Cómo que nada fuera imposible?

Ella se ríe, pero su mirada se desvía por un instante. Sus ojos parecen reflejar una melancolía tan fuerte.

– Necesitamos sentirnos así... aunque las personas nos digan lo contrario.

Sus palabras ya no reflejan esa calidez de antes, había una sombra detrás de ellas. Una sonrisa rasgada se revela y genera más preguntas que respuestas. La entiendo, pienso exactamente lo mismo. Aunque, ¿Cómo puedo ignorar a esas personas si la única persona que me limita soy yo? No me percato de que el silencio ha tomado espacio y no me da tiempo de responder cuando la escucho.

—Olvida lo que dije, me voy porque tengo una clase y tengo que ducharme. ¡Nos vemos!

—Ah, claro. No hay problema —respondí, decepcionado de que la conversación se estuviera acabando.

Ella comenzó a irse cuando me di cuenta de que no sabía su nombre. Ya era demasiado tarde; tendría que esperar hasta la próxima clase. Sin embargo, un impulso me invadió, una emoción que me obligaba a decidir entre actuar o ignorarla. Comencé a vibrar las cuerdas, pero me detengo. Ella me va a ignorar, me dirá un nombre falso, cualquier forma creativa para no darme su nombre, no sería la primera que me haría algo así. Como siempre digo, uno no se cae si no se tira. Sin embargo, quiero saberlo. Quiero entender por qué su presencia brilla como el sol después de la tormenta, cómo puede emitir tanta energía mientras yo apenas sobrevivo. La duda me consume, pero no tengo tiempo para pensar. Antes de darme cuenta, las palabras ya han salido de mi boca.

—Si quieres, podemos intercambiar números... para la clase.

¿¡Para la clase!? ¡Qué excusa más ridícula acabo de usar! Ella se voltea y se me queda mirando, un segundo que se sintió una eternidad. Otra vez, ya me estaba preparando para que me ignore totalmente o haga una excusa mejor que la mía. Ella se sonríe y corre hacia mí con una facilidad que hace que mi corazón lata tan fuerte como si hubiera corrido un maratón.

—Pásame tu teléfono —dijo, extendiendo su mano mientras esperaba a que se lo entregara.

Honestamente, no esperaba que esto funcionara. Saqué mi celular del bolsillo y se lo entregué. Comenzó a marcar su número y se llamó a sí misma. Me devolvió el teléfono, sacó el suyo y contestó solo para colgar de inmediato.

—¿Cuál es tu nombre? Para guardarlo.

—Jay —respondí, casi tartamudeando.

—Perfecto, nos comunicamos entonces, Jay.

Prosiguió a irse hacia su clase, pero todavía no sé cómo llamarla.

—¡No me sé tu nombre! —exclamé.

—Lo tienes en tu teléfono. ¡Nos vemos!

Mientras desaparecía por la salida del complejo, revisé mi teléfono para verificar si era cierto. Efectivamente, cuando leí mi celular, vi su nombre con un emoji de una ola y una carita sonriente, como si dejara una firma con dulzura. Quizás suene tonto, pero con solo leer su nombre, sentí mi corazón dar un salto.

—Felicity

CAPÍTULO TRES

Jay

Sentado en la biblioteca, el aire acondicionado estaba tan frío que sentía las manos congelarse sobre el teclado. A mi alrededor, el suave clic de teclas y el susurro de páginas llenaban el silencio. Trataba de dividir mi tiempo entre lo que tengo que hacer y lo que quiero. Con mi laptop encendida, organizo en mi calendario todos los trabajos y exámenes. Debería aprovechar y sacar espacio para ir a la iglesia, ayudar un poco, pero también debo estudiar. Y además de todo esto, tengo que considerar mi horario del hospital.

—Qué madre —digo en frustración, pasando mis manos por mi cara a ver si me ayuda a enfocarme.

Aunque tampoco ayuda que continúe pensando en ella. Todavía no puedo creeer que tenga su número, pero no sé qué escribirle. Han pasado tres días desde que lo tengo; creo que ya puedo. Tomo mi teléfono y abro WhatsApp. Su foto de perfil es ella en la playa con una tabla de surf. El atardecer decoraba su fondo, haciéndola brillar como una estrella. Empiezo a redactar mi primer mensaje, algo cool, pero amigable. No puede ser tan desesperado, pero tampoco debe parecer que no tengo interés. Quince minutos han pasado de escribir y borrar palabras y, al final, tengo el mensaje… "Hola".

Borro el mensaje inmediatamente y tiró el teléfono a la mesa.

—En verdad que eres bien ridículo —me digo mientras estiro mi cabeza y me recuesto en el espaldar.

Me quedo mirando el techo blanco de la biblioteca. Mi mente empieza su clásico viaje por la montaña rusa de pensamientos. Trato de detenerme, pero, para ese momento, ya mi mente ha creado cien escenarios de cómo me rechazará. Mi viaje se detiene cuando escucho mi teléfono sonar. Me ajusto en mi asiento y enfoco mi mirada en la pantalla y contesto.

—Dímelo, loca. ¿Qué está pasando?

—Na', llamando para saber cómo estás —responde Vilma en un tono genuino y alegre.

Vilma es una de mis mejores amigas. Nos conocimos en la universidad ya que estudiamos el mismo programa de enfermería. Entre varias clases tomadas juntos, creamos una amistad donde nos contamos todo: los desamores, las vergüenzas y los memes más icónicos que hemos visto.

—Tú sabes, entre el hospital, la universidad, la iglesia y las pocas horas de sueño, estoy más fresco que la lechuga que tiene tu trabajo.

—¡Ay, Jay! —Vilma empieza a reírse. —Te digo que el cliente que me pida ensalada, de verdad no le tiene miedo a la muerte.

Los dos nos empezamos a reír como dos estúpidos. De repente, ella me interrumpe para preguntar.

—En serio, Jay, cógelo suave —me dice con una voz preocupada—. Yo sé que tú estás decidido, pero te pregunto, ¿cuándo fue la última vez que dormiste más de cuatro horas o comiste algo?

—Bueno, para tu información esta mañana…

—Café y una granola no cuentan, tipo —Vilma me interrumpe.

Me quedo callado. Ella es experta en cortar mis excusas.

—Está bien —digo derrotado—. Estoy tratando, pero sabes que estoy en mis últimos meses y quiero terminar.

—Lo sé, Jay, pero de nada vale terminar el semestre si el semestre te termina a ti —me regaña, como siempre hace—. Así que ponte pa' tu número y cógelo con calma.

—Está bien, mami —le digo para molestarla.

—¡Cállate, estúpido!

Los dos nuevamente nos reímos. Aunque me lo diga con un tono agresivo, sé que lo hace porque se preocupa. Ya aprendí a fluir y no batallar con ella porque siempre pierdo.

—Aprovecho esta llamada para que por fin te relajes, este sábado voy a hacer una fiesta en mi casa nueva —Vilma me dice emocionada.

—¿Pudiste conseguir un sitio para alquilar?

—Sí, me mudé con algunas amigas para que no sea tan cara la renta y terminamos de mudarnos esta semana. Así que este sábado a las 8:00 p.m. empieza.

—Vilma, tú sabes que a mí no me gusta el pariseo —le digo, ya agotando mi batería social.

—Me encanta cómo lo dices como si tuvieras opción. Así que vienes, aunque tenga que buscarte personalmente.

—Está bien. Sabes que a la primera que me aburra, me voy —le digo amenazándola.

—Acho, atrévete.

Te juro que ella es la hermana que la vida me dio, pero que no pedí, y no podría imaginarme sin sus locuras y consejos. Mi mente nuevamente corre a Felicity. ¿Qué se supone que tengo que decirle? ¿Cómo capto su atención sin sonar desesperado o ridículo? Los pensamientos se arremolinan en mi mente, creando escenarios en los que cada palabra que elija parece crucial. Pero al final, solo consigo frustrarme más.

—Mira, ¿puedo pedirte un consejo? —le digo a Vilma.

—Sí, cuéntame.

—Es que conocí a esta muchacha en la clase de natación y conseguí su número.

—¡Qué! ¡No te creo! —lo dijo con una emoción que ya me la imagino brincando desde el teléfono.

—Sí, el problema es que ahora no sé qué escribirle.

—Tipo, eso es fácil, le pediste el número para conocerla.

—Es que… le pedí el número para la clase —le digo, anticipando lo que vendrá.

—¿Pero qué porquería de excusa es esa, loco? —me grita como una madre decepcionada por las idioteces de un hijo.

—Lo sé, ese no es el punto. Ayúdame.

—Está bien, pero me tienes que decir por qué te gusta. Tengo que saber antes de ayudarte.

—Acho, no sé cómo explicarte, obviamente es hermosa. Sin embargo, ella tiene una energía que me llamó la atención de inmediato. Tiene una seguridad en ella misma que yo apenas me imaginaría tener. Es como si el mundo girara a su alrededor, y ella ni siquiera lo notara. Y me encantaria ser parte de ese mundo.

—Wow, pero qué poético te pusiste —se comienza a reír—Ay, pero amo. Le vas a escribir ahora.

Vilma comienza a ayudarme a generar un mensaje. Escribo: *"Hey, es Jay de la clase de natación"*. Ella me dice que, si envío eso, personalmente la busca y le dira que me bloquee. Redactó: *"Espero que esas olas no te hayan dado tan fuerte"*. Vilma dice que está mejor, pero que le baje un poco. En fin, el último mensaje que escribo dice: *"Dímelo, Felicity. Espero que estés bien. ¿Cómo han estado estas olas esta mañana?"*.

—Bueno, creo que esto es lo más cerca que podemos llegar a un mensaje bueno para ti —Vilma me dice rendida.

—¡Olvídate! —sin pensarlo dos veces, presiono el botón para enviar— Ya lo envié.

—Bueno, todo esto me agotó, así que me voy a dormir. No se te olvide el sábado; tráete papitas.

—Dale, las traigo. Nos vemos —me despido y cuelgo la llamada.

Llevo una hora sentado, dividiendo mi tiempo entre hacer los trabajos y mirar mi celular. Leí mi mensaje diez veces y ya lo odiaba. Me sentía desesperado, como si un emoji o una coma mal puesta pudieran arruinarlo todo

Toda mi vida he sido así. Sobrepensar se siente como estar atrapado en un huracán de pensamientos que no paran. Es analizar cada palabra, cada decisión, como si todo fuera crucial. Mi mente crea escenarios que probablemente nunca pasarán. Es agotador, como tratar de resolver un rompecabezas con piezas infinitas. A veces, me ahogo en mis propios pensamientos, incapaz de detenerlos. Quiero encontrar la respuesta perfecta, pero solo termino más cansado y preguntándome por qué le doy tantas vueltas a todo.

Ting

Cuando miro la pantalla, veo el nombre de Felicity. Con una velocidad fuera de lo común, leo el mensaje preliminar de la notificación…

"Salí de clase ahora mismo, estoy bien. Te digo, esas olas rejuvenecen el alma. Y tú, ¿lograste recuperar el sueño que tenías? <3"

Una mezcla de emoción y alivio recorre mi cuerpo, como si todas mis dudas y cuestionamientos se desvanecieran. Tomo mi teléfono.

"Todavía estoy recuperándome jajaja, pero nada que la cafeína no pueda solucionar" le respondo.

Antes de poner mi celular en la mesa, recibo una respuesta de ella al instante.

"Uno de estos días, deberías ir a la playa. Las aguas siempre me han ayudado a encontrar calma, incluso en los días más difíciles. Te aseguro que te sentirás como una persona nueva."

¿Eso fue una invitación? No, no, no. Ella lo está diciendo como una sugerencia para ayudarme. Mejor dejo el tema para otro momento. Ninguna palabra parece la correcta, ningún tono parece suficiente. Una parte de mí quiere escribirle algo atrevido, algo que diga más de lo que me atrevo a admitir. Pero entonces, la duda me envuelve otra vez. No, no puedo. Finalmente, escribo algo simple:

"Gracias por el consejo. Espero encontrar un día para probar tu método. Eso suena como algo que necesito."

Lo envío antes de que pueda cambiar de opinión. El tiempo parece detenerse mientras espero su respuesta. Entonces, mi teléfono vibra.

"Cuando lo hagas, entenderás lo que digo. Por experiencia, el océano tiene una forma especial de calmar incluso las tormentas más grandes."

Me recuesto en la silla, dejando escapar un suspiro. Felicity parecía tan segura, tan libre, mientras yo seguía atrapado en mi propio laberinto que llamó mi mente. Cerré el teléfono, dejando el mensaje sin responder. Ya ni sabía que responderle. Tengo que hacer algo; No puedo quedarme atrapado en mi mente para siempre. Ay, quizás Vilma tenía razón. Necesito un respiro. Después de todo, aunque las probabilidades sean pocas, quizás lo disfrute más de lo que me puedo imaginar.

CAPÍTULO CUATRO

Jay

El aire acondicionado del supermercado contrasta con el calor de la calle. Acabo de salir de otro turno en donde estuve haciendo el trabajo que otros no querían. Quisiera llegar a casa y acostarme a dormir, pero le prometí a Vilma que iba a ir a la fiesta y no pienso lidiar con las peleas de ella por no ir.

Caminé por las góndolas como un zombi, tomando el primer paquete de papitas que vi en oferta. La vibración de mi teléfono sacó mi mente del limbo, y al ver el nombre del Pastor David en la pantalla, sentí una mezcla de calma y culpa.

—¿Hello?

—Dios te bendiga, Jay. ¿Cómo estás?

—Dios te bendiga, Pastor. Estoy bien, gracias a Dios. ¿Y tú?

—Todo bien. Te estoy llamando para saber cómo va tu vida y saber de ti. No te he visto en la iglesia, pero asumo que estás ocupado —me dice con una voz simpática y de amor.

—Sí, lo sé. Es que he tenido muchas cosas encima y de verdad se me ha olvidado ir.

Camino hacia el cajero para pagar las papitas. De verdad extraño tomar ese espacio de descanso en la iglesia y hablar con el pastor. Quisiera decir que no puedo, pero es que realmente no le he dado el enfoque necesario.

—Lo sé, Jay. Por eso te llamo, porque te conozco y sé que lo más probable es que ya estás sobrecargado.

—¡Ja!, lo dices y no lo sabes —digo con una voz cansada.

—Sabes que cualquier cosa que necesites, estamos aquí para ayudarte.

Mientras el pastor hablaba, sentí una puñalada de culpa. Él siempre había estado ahí para mí. Sin embargo, yo estaba más distraído que nunca. Incluso ahora, una parte de mí pensaba en Felicity más que en lo que él decía.

—Aprovecho y te pregunto, ¿podrás venir mañana para la iglesia? Así podemos hablar un ratito.

Tomó un momento para pensarlo, pero de verdad que lo necesito.

—Dale, Pastor, cuentas conmigo.

—Perfecto, y me avisas cuando estés ready. Sabes que tengo un par de libros y discusiones que quiero empezar —me dice riéndose.

—Sí, lo sé. Te prometo que el día que decida, serás el primero en saber. Te dejo, Pastor, que voy a visitar a una amiga en una fiesta —le digo para culminar y evitar la conversación.

—No hay problema, nos vemos mañana. Bendiciones.

Esta llamada fue una mezcla de emoción y frustración. Tantas cosas que tengo encima como la universidad, el internado, y ahora me recuerda esa promesa. No, no, hoy no voy a pensar en esas cosas y voy a disfrutar.

Llego a casa, me baño y me acuesto un rato antes de ir para casa de Vilma.

***

Caminando por la avenida de la universidad, me dirigí hacia la casa de Vilma. Me tiré con unos cargos oscuros, una t-shirt oversize azul cielo, unas Dunks azul y blanco, y mi cadena que jamás puede faltar. No soy de pensar mucho en mi ropa, pero quería sacar la tela a pasear. Al llegar, noté que la casa estaba bastante llena. Es en un segundo piso, y desde la acera ya escucho la música y se veían las personas en el. Al subir las escaleras, abrí la puerta… y ahí mismo me topé de frente con Vilma.

—¡Llegaste!

Alza sus brazos emocionada y sale corriendo. Soy recibido con un abrazo fuerte que solo una chica de 5 '0 pies puede dar. Su pelo rojo rizado me saluda la cara de manera que sé que estaré semanas encontrando su pelo en la ropa.

—Mira, controla esa melena que me ahogas ahí —le digo bromeando.

—Awww, me vale que te afecte esta obra de arte que tengo.

—Acho, con los chavos que gastas para mantenerlo, espero que quede bien.

Los dos nos reímos. Ella toma las papitas y las pone en la mesa al lado de la puerta. Están llenas de picaderas y refrescos para que todo el mundo tome lo que desee.

—No voy a perder tiempo, ¿te contestó? —me dice, poco disimulando su entrometimiento.

—Pues sí, llevamos escribiéndonos estos días. Nada wow, pero me ha encantado estar hablando con ella.

—Nooo, en verdad te gusta, loco. Tus ojos hasta te brillan —me dice en un tono serio.

—Bueno, no te lo voy a negar.

—Te quiero mucho, pero lleva par de semanas desde que la has visto.

—Ay, chica, tampoco estoy diciendo que estoy enamorado. Solo digo que de verdad me atrae y quiero conocerla.

—Bueno, no la vas a conocer si no sales con ella —me dice en un tono de regaño.

—Está bien, vamos a ver —le respondo bien apático.

—Olvídate de eso, relájate y comparte.

Prosigo a sentarme en el sofá, para escuchar la música y crear diálogos con las personas a mi alrededor. Muchas de las personas las conozco, ya que hemos estudiado y tomado quizás una clase juntos. Pasan dos horas de conversación y ya mi batería social está llegando a su límite. Me levanto para despedirme de Vilma, que está hablando con una chica. Le tocó el hombro y ella, al ver que soy yo, ni me deja hablar para decirme:

—Jay te presento, ella es Clémence, una de mis roommates.

Estrecho la mano y la saludo mientras trato de hablar. Pero Vilma no me da el chance.

—La otra está por aquí, déjame ver —Vilma comienza a buscar por la casa y consigue alguien con la mirada. —Feli, ven acá.

En ese momento mi mirada se dirige hacia la dirección que Vilma está mirando y lo veo nuevamente. Ese brillo dorado, esa presencia que solo en una persona he podido ver. El tiempo pareció detenerse cuando ella se giró. Era Felicity, la misma que no me sacaba de la cabeza desde aquella clase de natación. Estaba hermosa, con una blusa color ladrillo, de esas que se le ven los hombros, amarrada en las mangas, bien chula. Un mahón alto oscuro, y unas botas negras con hebillas que le daban ese flow entre ruda y hermosa sin esfuerzo. Mi corazón se quería salir del pecho, y por un segundo, de verdad, me dieron ganas de desaparecer.

—Feli, este es uno de mis mejores amigos, se llama… —dice Vilma para luego ser interrumpida.

—¡Jay! ¿Cómo estás?

La voz de Felicity me deja como una estatua. Mis piernas no las puedo mover. No esperaba verla esta noche, mucho menos aquí. Antes de poder sacar una palabra, Felicity habla con Vilma.

—Lo conocí en la clase de natación. Estaba dormido en la clase —Felicity se ríe, iluminando el cuarto en el que está.

—Eso suena como él —Vilma responde, dándome levemente en el hombro.

Es en ese momento que ella me mira y queda pensativa sobre por qué estoy así. Asumo que mi cara trataba de disimular todas las emociones sin éxito. Vilma mira hacia Felicity, vuelve a mirarme a mí. En sus ojos, puedo ver cómo todo conecta en su mente, como si por fin captó la situación en la que estaba. Vilma abre los ojos, seguramente tratando de disimular el asombro que tiene.

—Qué mundo tan pequeño, ¿verdad, Jay? —su tono diciéndome que diga algo y deje de estar callado.

—Ah, sí, qué mundo pequeño —respondo.

Unas chicas llaman a Felicity, para hablar con ella.

—Los dejo un momento, así que no se vayan.

Felicity se va y yo me quedo sorprendido por lo que acaba de pasar y lo ridículo que fui. Prometo, yo no soy de estar actuando así con las personas, pero ella tiene algo que me pone en este estado. Es aquí donde experimentó el dulce amor que Vilma me tiene cuando con su mano me da una galleta en el hombro.

—¡Oww! —me quejo.

—¿Por qué no me dijiste que era ella? —Me dice con sorpresa y enojo.

—Bueno, no sabía que era tu roommate y tampoco fue que me preguntaste.

—Ay, te voy a matar.

—Por favor, ignoremos el tema —le suplico para dejar este momento tan terrible atrás.

—No me hagas esto, si me acabas de dar una buena novela y la puedo ver en vivo.

—Vilma, en serio. Por favor.

—Ay, está bien, pero te digo que ella es bien chula y simpática. Así que no te tienes que preocupar. Voy a ti.

—Gracias.

Tenía planes de irme, pero quizás puedo quedarme un tiempito más. Los minutos pasan y ya el nerviosismo pasó. Mi mente se desvela hablando con compañeros de clase. Cuando de repente, alguien me toca el brazo derecho.

—Por fin conseguiste tiempo para descansar y disfrutar —Felicity me dice.

—Sí, Vilma me obligó; usando esa misma razón que dice.

—¿Cómo ha sido tu semana? —Felicity pregunta.

—Preparándome mentalmente con todos los trabajos y los turnos del hospital.

—Ah, trabajas en un hospital. Asumo que estudias enfermería.

—Estás en lo correcto, este es mi último semestre y culmino el bachillerato y el internado. Así que, por eso me ves un poco cargado.

Le digo esto riéndome para esconder que realmente estoy demasiado cargado. Sin embargo, Felicity me mira con preocupación. Me toca el brazo a la altura del codo.

—Jay, eres un hombre decidido. Me encanta, pero te veo con un peso encima que tienes que dejar ir.

Esas palabras me dejan sin nada que decir, es como si ella pudiera mirar detrás de la máscara que estoy presentando.

—Sí, la universidad y el trabajo pueden hacer eso…

Felicity me interrumpe.

—No, no. Es algo más que te está pesando. Lo veo en tus ojos. Es como si estuvieras arrastrando algo de años.

Mi máscara se desvanece un momento y estoy descubierto delante de ella. No sé qué tiene, pero quisiera contarle la verdad. Aunque si le cuento, tendría que enfrentarlo. Antes de responder, Felicity continúa.

—Esa presión te puede matar, te lo digo por experiencia. Por eso te digo que tienes que relajarte un poco.

Normalmente, cuando conoces a alguien, uno no empieza a hablar de temas profundos tan rápido. Aunque nosotros estamos aquí rompiendo esa regla en mil pedazos. Yo jamás he visto una persona tan abierta en decir lo que piensa, aun con una persona que apenas conoce.

Durante la conversación, por el rabillo del ojo, un chico se acerca a Felicity y trata de llamar su atención. El chico se detiene entre ella y yo, casi bloqueándonos. Comienza a charlar con ella y Felicity sigue hablando con él. Yo ni sé de qué hablan porque mi mente los ignora. Tan buena la conversación y se detiene así. Me dirijo hacia otro grupo de personas, para así no estar solo y socializar.

Durante la siguiente hora, vi cómo varios chicos intentaban captar su atención. Ella les respondía con amabilidad, pero su energía seguía destacándose entre todos. Sentí un nudo en el estómago, sabiendo que no tenía el valor de acercarme como ellos. Me dirijo hacia el balcón de la casa, con una botella de agua en mano. Tomo aire para así recargar un poco la batería. Ya casi son las doce de la noche, debería estar yéndome. Recuesto mis brazos en el barandal del balcón, cerrando los ojos y respirando profundo.

—¿Admirando el paisaje nocturno? —escucho a mi lado.

Volteo mi cabeza y Felicity está a mi lado, acostándose también del barandal conmigo.

—Una de las razones por las que me encanta esta casa es que es de los pocos sitios donde se pueden ver las estrellas en San Juan.

Miro hacia el cielo y me doy cuenta de lo que dice. Las estrellas decoran la noche, brillando más fuerte que las luces artificiales de la tierra.

—De verdad está hermoso —le digo a Felicity—. Me recuerda mucho a la casa de mis padres en Utuado.

—¿Eres de Utuado?

—Sí, mis padres vivían en una montaña sin mucha luz y en las noches, mami hacía chocolate caliente y me lo daba con un canto de queso de papa y unas galletas Marías para quedarnos afuera a verlas. Mami siempre decía que las estrellas estaban ahí para recordarnos que incluso en la oscuridad, siempre hay algo brillando.

—Eso suena tan bonito, ¿dónde están tus padres ahora? —me pregunta.

—Están en Estados Unidos, así que extraño esas noches.

—Entiendo, me gustaría tener algo así con mis padres.

Al escuchar lo que dijo, dirijo mi mirada hacia ella y la veo mirando al cielo nocturno. Sus ojos azules tienen un poco de brillo por las estrellas. Su sonrisa, una mezcla de nostalgia y tristeza.

—¿Relación complicada?

—Divorciados, y su relación no es nada buena, así que mi hermano y yo recibimos muchas de las cargas.

—¿Sientes que quedaste atrapada en medio de todo eso?

Me empuja levemente con su hombro. Quedándose tan cerca que puedo sentir contacto entre nuestros brazos. Mi corazón late rápidamente, pero a la misma vez estoy relajado escuchándola.

—Jay, ¿eres adivino? —Felicity se ríe suavemente—. Digamos que aprendí pronto que no todo lo que parece seguro realmente lo es. Especialmente con quienes más deberían serlo.

Mientras hablaba de sus padres, Felicity jugueteaba con la cadena que llevaba al cuello, su mirada fija en las estrellas como si buscara respuestas que no encontraba.

—Lo lamento mucho —le digo con mucha sinceridad.

—Gracias, a veces, desearía poder retroceder el tiempo y arreglar todo. Pero cuando tienes padres que apenas hablan, te das cuenta de que hay cosas que nunca estarán en tus manos.

Su sonrisa común se desvanece por un momento. Y revela una tristeza que me parte el alma. Ni me imagino cómo sería eso.

—Por eso te digo, no dejes que la presión te domine porque luego estallas y terminas mudándote para otro lado del mundo. —Felicity me dice, los ojos aguados aún con una sonrisa melancólica.

Esta conversación corre por mi mente. Felicity tiene tanto escondido y cada palabra se queda guardada en mi mente. No entiendo cómo en tan poco tiempo tengo una confianza tan grande con ella. Solo me dan ganas de querer conocerla más. Felicity abre sus ojos, como si realizara lo que me dijo.

—Nunca le he dicho a nadie eso. No sé por qué te lo dije, pero me gusta hablar contigo —me dice con una risa nerviosa.

—No te preocupes, esto se queda entre nosotros. Y concuerdo, también me encanta hablar contigo —le respondo.

—Voy a salir con una amiga para la placita un rato, ¿quieres venir conmigo?

¿Yo escuché bien? ¿Felicity me acaba de invitar a salir de la nada? Esta chica de verdad es espontánea. Estoy a punto de decir que sí cuando me acuerdo de mi compromiso y si continúo hasta la madrugada, no voy a llegar a la iglesia. No puedo creer que iba tan bien todo y ahora vengo a dañarlo.

—Me encantaría, pero no puedo. Es que voy a la iglesia mañana y tengo una reunión con el pastor—le digo con una frustración inmensa.

—Ah, ok, no hay problema.

Su sonrisa titubeó por un segundo antes de que la recuperara. Dame un break, ¿está decepcionada? O solo soy yo imaginando cosas.

—Será para otro momento —dijo mientras daba media vuelta.

Me presentó una sonrisa para luego darme la espalda y entrar a la casa. ¿Por qué siempre hago esto y no me arriesgo? Mientras veía cómo se alejaba, sentí el peso de mi decisión. Otra oportunidad que dejaba pasar, otra excusa que me encadenaba a mi zona de confort. Pero algo era diferente esta vez. No quería quedarme con él "qué habría pasado", no con ella. Por primera vez, el deseo de arriesgarse supera mi miedo al rechazo.

—Después de la clase de natación estoy free. ¿Quieres ir a desayunar y tomar un café?

Las palabras salen con una fluidez que yo jamás esperaba. En mi vida he invitado a alguien a salir, mucho menos a alguien que me interesa. Mi mente antes hubiera puesto escenarios de rechazo y burla para detenerme. Aunque en este momento mi deseo de compartir con ella sobrepasa ese pensamiento. Felicity se voltea y sonríe.

—Me encanta esa idea. Nos veremos el lunes entonces.

Con su mano se despide y me regala una sonrisa que solo ella puede hacer. Mientras ella volvía a casa, sentí que una parte de mí, la parte que siempre temía arriesgarse, había desaparecido por un momento. Había dado un pequeño paso, pero para mí era enorme. Doy un suspiro gigantesco y comienzo a salir de la fiesta para mi casa. En el camino, mi mente va a mil millas por hora. No esperaba hacer algo así, pero algo en ella me da ganas de ignorar todo lo que normalmente hago.

Llegando a mi casa, me quito la ropa de salir y me dirijo hacia la cama para acostarme. Ella tiene algo que no puedo explicar, algo que hace que todo parezca más sencillo. Por primera vez en mucho tiempo, quiero arriesgarme, y eso me asusta tanto como me emociona. Quiero ser alguien diferente, alguien capaz de vivir más allá del miedo que tengo. Por el momento solo me digo.

—Me dijo que sí. Ahora buscaré la manera de no dañar el momento.

CAPÍTULO CINCO

Jay

Abriendo las puertas del templo, me recibe la sensación de paz que solo este lugar puede ofrecer. Los saludos y abrazos de las hermanas rellenan las baterías de cualquier persona que se sienta agotada. Al tomar asiento, el eco de los himnos llena el aire, rebotando en las paredes altas y resonando en mi pecho como un recordatorio de todo lo que me faltaba. El banco de madera crujió bajo mi peso, como si incluso el templo pudiera percibir mi inquietud. De la misma manera que hay tanta positividad, no paro de sentir una frustración por las pocas veces que he podido ir estos últimos meses. Antes, sentía que este era mi hogar, pero ahora es otro sitio que estoy defraudando. Es como si todo parecía estar en paz, excepto yo.

El Pastor David toma el micrófono y se dirige hacia al púlpito a hablar.

—En Proverbios 3:5-6 dice: "Confía en el Señor de todo corazón, y no en tu propia inteligencia. Reconócelo en todos tus caminos, y él allanará tus sendas".

Mi mente quiso aferrarse a esas palabras, pero en mi pecho sentí un nudo apretándose más. ¿Cómo se supone que confíe si no entiendo porque me siento así? Bajo la mirada al suelo. Mi pierna comenzó a moverse nerviosamente, como si tratara de escapar de esa sensación.

—La vida a menudo nos lleva por caminos inciertos, momentos en los que cuestionamos hacia dónde vamos o si estamos tomando las decisiones correctas. Pero Dios nos llama a confiar en Él, no solo cuando todo tiene sentido, sino especialmente cuando no lo tiene. Confiar en Dios significa rendirle nuestros miedos, dudas y la necesidad de control, creyendo que Su plan es más grande de lo que podemos ver.

Cada palabra resuena en mi mente como si estuviera hablando conmigo. Como si el mensaje fuera escrito específicamente para mí.

—No importa cuán grande parezca el desafío o cuán inadecuado te sientas, Dios te ha elegido y está obrando en ti para Su gloria. Cada paso que das en fe es parte de Su obra en ti. Confía en que Él no solo te guía, sino que también te equipa, fortalece y moldea para cumplir Su propósito en ti.

El pastor hace una oración para culminar y el equipo de adoración despide el culto con una canción. Los hermanos y hermanas comienzan a saludar, pero yo me quedo sentado. Todavía el mensaje me está corriendo por mi mente. Toda mi vida ya la tenía planeada, sobre todo lo que voy a hacer y estaba feliz. Aunque a veces me cuestionaba si realmente estaba conforme con lo que planifiqué. Las palabras que escuché hace 5 años atrás todavía me persiguen y, aunque fueron positivas, no sé si realmente pueda cumplir esa promesa. Una mano se recuesta en mi hombro y cuando me vuelvo, es el Pastor David. Su pelo medio largo negro con acentos blancos refleja su sabiduría. Me levanto y lo recibo con su clásico abrazo fuerte que exprime la preocupación fuera de tu cuerpo.

—Tanto tiempo, Jay, qué bueno verte —me dice soltando su abrazo.

—Dios te bendiga, Pastor, igual a ti.

—Vamos a la oficina para ponernos al día. —el pastor me sugiere.

Comenzamos a caminar y entramos a su oficina. La oficina es acogedora, llena de libros, cruces y el olor de su estación personal de café que distingue tanto al Pastor David. Los dos nos sentamos y comenzamos a dialogar de nuestras vidas y de temas sencillos.

—Papito, te estás explotando mucho. Ni mi café te puede ayudar —el pastor comenta con una expresión de preocupación.

—Lo sé, no eres el único que me lo dice —le digo con un tono derrotista—. Es que de verdad tengo tantas cosas que el tiempo no me está dando.

—Cuéntame —me dice el pastor, inclinándose hacia al frente y poniendo sus manos cruzadas en el escritorio.

—Es que, entre el bachillerato, el internado y las cosas que quiero hacer, me tienen desesperado. He hecho esto los últimos tres años y he estado bien. Sin embargo, ahora que estoy a punto de terminar todo, me siento, no sé cómo decirte, raro.

—¿Por qué raro? ¿No amas lo que estás haciendo? —me dice el pastor, haciéndome sentir más cómodo para expresarme.

—No, amo lo que estoy haciendo. Ayudo a las personas y mi trayectoria me dará la habilidad de ayudar a muchos. Es que a veces creo que debería estar haciendo más.

Inclino mi cabeza hacia abajo, recostandome en mis manos.

—No sé, ¿esto es lo que haré para mi vida? No quiero sonar mal agradecido, pero esa voz dentro de mí me dirige a otro deseo, pero tengo un miedo de realmente seguirlo.

El pastor se levanta de su silla y se sienta al lado mío. Su mano plantada en mi hombro.

—Jay, Dios nos guía, paso a paso. Está bien no tenerlo todo resuelto hoy. Solo recuerda la promesa que le hiciste. Tus palabras fueron que cuando llegara el momento, lo seguirías. Así que toma un descanso, reflexiona, ora y confía.

—Gracias, Pastor, de verdad que necesitaba eso —le respondo.

Nos damos un abrazo y él me acompaña al estacionamiento. Durante el camino, hablamos de la universidad y de la vida. El Pastor se me queda mirando y me da una sonrisa traviesa.

—Tus ojos están brillando de una manera que nunca he visto en ti. ¿Conociste a alguien?

Mi cuerpo se tensa y me quedo mirándolo con una mezcla de nervios y confusión.

—Con calma, Dios no me lo dijo, se te nota.

Él comienza a reírse, dándome espacio a volver a la realidad y calmarme. Comienzo a dudar si decirle, pero se lo menciono.

—Sí, Pastor, es esta chica que conocí en estas semanas. De verdad que me atrae y ella no es nada de lo que haya visto antes. Usando una analogía de café, ella es como un shot de espresso. El Pastor se ríe.

—Algunas veces esas personas nos ayudan a ver las cosas diferentes en el mundo y en uno mismo. Sin embargo, no te pierdas en la situación. Si ella es la indicada, te ayudará a ser la mejor versión de ti.

—¿Y cómo sabes si es alguien que te ayuda o te desvía? —le pregunté, sintiéndome vulnerable al verbalizar.

—No se trata de quién es, sino de quién te conviertes cuando estás con ella.

Sus palabras, llenas de sabiduría, las tomo en consideración. Le doy las gracias y nos despedimos. Me dice que está disponible si lo necesito, algo que agradezco y demuestra el tipo de persona que es. Entro a mi carro y comienzo a dirigirme hacia el hospital para mi turno.

El motor del carro rugía mientras el tráfico en San Juan parecía no tener fin. Las palabras del Pastor continúan en mi mente. He estado evitando tomar decisiones difíciles en mi vida y está llegando el momento en donde tendré que dar una respuesta. Pienso en Felicity y me pregunto si ella es alguien que me ayudará a crecer o si sería una distracción a mis planes.

—Un paso a la vez, Jay —pienso en voz alta.

Mis dedos acariciaban mi cadena, minimizando la ansiedad. Estoy consciente que llegará el momento de decidir, pero mientras tanto voy a concentrarme en lo que tengo próximo. Mañana saldré con Felicity. Recordando la salida espontánea que sugerí para ir a tomar café, me cuestiono.

—A mí ni me gusta el café.

CAPÍTULO SEIS

Jay

Cierro la llave de la ducha, removiendo todo el cloro que tengo en mi cuerpo. Con la toalla empiezo a secarme, recordando los movimientos básicos que el profesor nos enseñó para tener buen fundamento cuando nadamos. Yo estaba batallando con mi vida para no ahogarme, pero Felicity lo tomó como pez en el agua. Es como si todo lo que hiciera quedara perfecto. Salgo de las duchas para ir con Felicity a desayunar. No voy a negar que estoy emocionado; me da una oportunidad de conocerla más.

Llegando hacia los bancos está Felicity. Su pelo aún mojado por la ducha, las gotas cayendo con naturalidad sobre sus hombros, y su rostro, sin una gota de maquillaje, seguía siendo igual de brillante. Llevaba un traje largo con estampado floral en blanco y negro, ajustado en la cintura y con una abertura que dejaba ver parte de su pierna mientras caminaba con soltura. Lo combinaba con unos tenis blancos y una cartera negra al hombro que se balanceaba sutilmente con cada paso. Se veía sencilla, pero con un estilo que atraía miradas sin esforzarse. Estaba rodeada por un grupo de estudiantes, y cada minuto parecía llegar alguien nuevo a la conversación. Ella estaba en su elemento, hablando con esa mezcla de carisma y soltura que hacía que todos quisieran quedarse.

Yo, en cambio, llevaba una t-shirt negra, unos shorts verde oliva y mis tenis blancos. El outfit me parecía bien cuando salí, pero ahora, parado frente a ella, o, mejor dicho, a la distancia, me sentía fuera de lugar. Muy casual. Muy... simple. ¿Qué hago yo en esta película? Dudé si acercarme. No quería interrumpir, pero tampoco sabía si ella todavía se acordaba de los planes que hicimos. Pasaron cinco minutos, y la conversación no daba señales de acabarse. Empecé a frustrarme. Lo más probable es que se olvidó. Tal vez solo soy otro más en su órbita. Seguro tiene diez cosas más importantes que hacer hoy. Olvídate de esto, no voy a molestarla... mejor adelanto trabajo.

Comienzo a recoger mis cosas y me levanto del banco para irme. Miro hacia el grupo rodeándola, deseando poder tener la valentía de ser uno de ellos. Bueno que me pase por pensar que arriesgarse vale la pena. De repente, la mirada de Felicity se fija en mí. Toma un segundo para registrarme y suelta una sonrisa brillante, de esas sonrisas que te iluminan el día. Felicity se despide del grupo y se dirige directamente hacia mí. Quisiera tratar de esconder mi emoción, pero es que ella provoca una felicidad inmensa. Se detiene al frente mío con su sonrisa y sus ojos penetrantes.

—¿Estás listo? Tengo mucha hambre y ganas de tomar café.

Su voz te acaricia con una ternura y energía que brinda una paz a cualquiera que la escuche.

—Claro que sí, vamos.

Inclina su cabeza y da una risa pequeña. Mi cara se calienta y ya me imagino poniéndome rojiza. Trato de disimular y comenzamos a caminar hacia el local. El caminito está rodeado de matas bien cuidadas y palmas que se menean con la brisa, una vista que sólo puedes ver en el departamento de Derecho. Un par de flores anaranjadas del flamboyán cayeron en la acera, dándole un cantito de color a nuestra ruta. Todo se siente tan tranquilo, tan de aquí, que hasta el canto de los pajaritos se escucha más claro.

—Bueno, tú estabas nadando como si fueras profesional —le digo de manera jocosa.

—Cuando era pequeña, tomé clases de natación. Así que fue fácil tomar las posiciones básicas.

—Quisiera yo decir lo mismo. Yo sentía que estaba en una pelea con el agua y el agua me estaba ganando.

Felicity comienza a reírse a carcajadas, dándome levemente en el hombro.

—Ay, no digas eso —dice entre risas—. Es tu segunda semana practicando, lo harás bien en la próxima.

—Es que no entiendo la posición del brazo, eso no es nada natural —le digo, tratando de hacer el movimiento.

—Con calma, tiene que ser así.

Felicity me agarra el brazo y comienza a hacer el movimiento correcto. Me quedo suelto para que ella tenga libertad de hacerlo.

—Tienes que mantener el brazo pegado al cuerpo y subirlo pegado. Cuando extiendas el brazo, forma tus manos así.

Sus manos comienzan a moverse por las mías. Su piel suave y sus dedos delicados forman las mías, juntándose y doblándose en forma de copa. Mientras mantiene esta postura, dirige su mirada hacia mí.

—De esta manera reduces la superficie y pueden producir fuerza baja contra el agua.

Sus ojos me tienen en una hipnosis. Mi corazón comienza a latir rápido y mis manos a sudar. Mi respiración trato de mantenerla en un ritmo normal. Nos quedamos callados y mirándonos como si fuese una eternidad. De la nada, me suelta.

—Para la próxima clase, trata lo que te enseñé y te aseguro que lo harás bien.

¿Eso fue… algo? Nos quedamos mirando un rato. Aunque, ¿fue un rato o yo solo lo percibí así? No, no creo que ella lo vea de esa manera. Solo estaba ayudando a un compañero de clase. Recupero mi compostura y noto que llegamos al lugar.

Una terracita de madera bien chula, con mesas pequeñas y sillas negras modernas, todo bajo un toldo que protege del sol boricua. En el aire, el olor a café acabadito de colar se mezcla con el aroma de pan tostado y huevos revueltos, mientras la brisa mueve las hojas de los árboles alrededor. Es el spot perfecto para sentarse sin prisa. Tomamos asiento y la mesera nos toma la orden. Cuando ella se retira, continuamos hablando.

—Te digo que, aun viviendo aquí, si voy dos veces al año a la playa es mucho —le digo a Felicity.

—Tú no sabes el amor que yo le tengo a la playa. Por eso, cuando me dieron la oportunidad de venir a estudiar acá, tuve que aceptarlo.

—¿Qué es lo que te atrae tanto del océano? —le pregunto, deseoso de saber su respuesta.

—Una vez fui a la playa cuando era pequeña y me fascinaba mirar los arrecifes. Sus colores, sus formas, ver los peces nadar. Me quedaba horas mirándolos, de manera que tenían que obligarme a salir.

Sus ojos brillaban cuando hablaba. Llegaron momentos en que me quedaba sonriendo y sentía que podía escucharla por horas.

—Hoy en día, me encanta seguir a los peces mientras nadan y ver cómo se van más lejos y se dirigen a las profundidades hacia un mundo ilimitado lleno de aventura.

—Bueno, también está lleno de depredadores cuando nadan para allá —le digo bromeando.

—Por supuesto, pero esa libertad de ir para cualquier parte del mundo, sin limitaciones ni restricciones, vale la pena el riesgo.

—Yo prefiero quedarme en la orilla; es más cómodo y seguro.

Los dos nos reímos por nuestro claro contraste. Aunque me gustaría ver ese mundo por sus ojos. Ese deseo de libertad y nada para restringirte. La mesera nos trae nuestras bebidas y continuamos.

—Tú haces algo que yo no siento que pueda hacer —me dice mientras toma un poco de su café—. Estar ayudando en un hospital, eso se ve estresante.

—Estás en lo correcto, pero me encanta poder ayudar a familias, especialmente a niños con problemas de salud.

Le hablo de mi día rutinario y mi emoción brotando de mi cuerpo porque me encanta hablar de mi trabajo.

—Una vez, estaba una niña que tenía 7 años. Estaba enferma de bronquitis y llevaba días ahí. Trataba de hacerla reír y ayudar a su mamá, trayéndolo meriendas y quedándome con la nena cuando necesitaba salir un momento. Mientras tomaba sus signos vitales finales para que ella se fuera, me dio un abrazo bien fuerte y me entregó un papel verde donde dibujó a ella, su mamá y a mí con el título "MejOr DocToR" con las letras desordenadas, alternando entre letras mayúsculas y minúsculas. No tuve el valor de decirle que solo era estudiante de enfermería, pero hasta el día de hoy tengo ese dibujo guardado.

Sus labios se fruncieron en un gesto tierno, como si quisiera absorber toda la dulzura de la escena. No pude evitar sonreír al ver su ternura reflejada en su rostro.

—Awww, eso es hermoso. Yo me derretiría si una niña me hiciera eso. Eso significa que tienes un alma que cuida y sana. Eso me encanta.

Sus palabras resuenan en mi mente y no puedo evitar sonrojarme. Nunca he escuchado a alguien decir eso sobre mí. Ella no miró lo que hice, sino opinó sobre lo que soy. Bueno, lo que piensa que soy.

—Yo admiro tu mirada al mundo, tan libre y aventurera —le digo.

—Siempre digo, nadie nos puede limitar porque tenemos todo el mundo para ver.

Extiende sus manos al decir eso, al punto que casi choca con la mesera que está trayendo nuestro desayuno.

—Perdón —dice Felicity y su cara muestra disculpas.

—No te preocupes —sonríe la mesera—. Aquí está su comida.

La mesera deja los platos en la mesa y los dos comenzamos a reírnos del momento. Honestamente, esto ha sido estupendo y pudiera quedarme todo el día aquí. Comenzamos a comer y seguir dialogando.

—¿Cuál es tu mayor miedo? —dice Felicity espontáneamente.

Esa pregunta me tomó por sorpresa, al punto de casi ahogarme con el revoltillo. Felicity se ríe suavemente, pero se queda callada, esperando mi respuesta.

—Creo que sería vivir sin hacer mi propósito —digo, preocupado de que pueda estar dañando el ambiente—. Tengo tantas expectativas en mí, siendo el primero en la familia en ir a la universidad. Siento que fui llamado a servir y pensaba que ser doctor era mi objetivo. Aunque últimamente me estoy cuestionando eso también.

Creo que estoy bajando las buenas vibras de esta salida. Veo la cara de

Felicity, se ve que tomó cada palabra y la procesó. Procede a sacar una de sus famosas sonrisas que me confirman que ella entiende lo que estoy diciendo y me que está agradecida de que yo lo haya compartido.

—Creo que es bonito que quieras servir. Te aseguro que encontrarás como hacerlo a tu manera. Yo también tengo miedo de no conseguir mi sueño.

—¿Sí? Asumo que fue la razón por la que tomaste este intercambio.

—Así es, quiero tomar toda oportunidad que el mundo me ofrezca para ser la persona que quiero ser y no la que mi familia formó.

Su voz es una mezcla de energía y frustración. Me mantengo callado, para seguir escuchándola.

—El único que me ayuda mucho es mi hermano; él siempre se asegura de que no me limite y explore. Me dice que no importa lo que pasó con nuestra familia, lo importante es cómo me siento conmigo misma.

—Qué bueno tener un hermano así. Asumo que lo extrañas.

—Mucho, es la única familia que tengo… —hace como para seguir hablando, pero se detiene.

—En lo poco que te conozco, no tengo duda de que serás una mujer extraordinaria —le menciono, sorprendido por las palabras que salieron de mi boca.

Ella me mira sorprendida, una sonrisa cerrada se forma en su rostro y sus ojos azules brillan con una fuerza inmensa.

—Gracias, Jay… lo necesitaba escuchar.

Le sonrío y me levanto para pagar la cuenta. Le doy la propina a la mesera y gesto a Felicity para salir.

—En un momento entro a la próxima clase —menciona Felicity.

—Dale, yo te acompaño.

Continuamos hablando de temas al azar mientras llegábamos a su próxima clase. Llegamos a la puerta del salón y nos detenemos un momento.

—Este sábado, unos amigos vamos a caminar por el Viejo San Juan y ver el atardecer en el Morro. Tienes que ir con nosotros.

Escucho sábado y recuerdo que tengo un turno de ocho de la mañana a cuatro de la tarde. Estoy seguro de que saldré explotado del turno. Aunque me encantaría estar con Felicity y compartir más. Aprovecho este momento para relajarme.

—¿Sabes qué? Apúntame. Vamos para allá —le digo.

—Qué bueno, la vamos a pasar estupendo.

Ella abre la puerta para entrar, pero se detiene. Se me queda mirando y vuelve para atrás. Se detiene a solo pulgadas frente a mí. Nuestros ojos se encuentran y el viento sopla su pelo largo, que acaricia mis brazos. Mi corazón y mi respiración comienzan a acelerar. Los dos nos continuamos mirando y ella se sonríe. Levanta su mano y la recuesta en mi pecho. Me estoy volviendo loco, no entiendo qué está ocurriendo, pero no puedo mover ni un centímetro. Mi corazón latía tan rápido que pensé que ella podía sentirlo. Cada fibra de mi cuerpo esperaba que ese momento significara algo más. Es en ese momento que Felicity empieza a sacudir el área de mi pecho.

—Tenías un poco de huevo en tu camisa. Ahí está.

Ella separó su mano de mi pecho y tomó un paso atrás. Se dirige hacia la puerta para entrar a su clase.

—Nos vemos el sábado —sonríe y entra.

Todavía estoy tieso de lo que acaba de ocurrir. No puedo creer que mi mente creó esa película. De verdad que tengo que bajarle a mi imaginación. Prosigo a caminar hacia la biblioteca para poder estudiar. Aunque será difícil porque mi mente está solamente en Felicity. Ella es tan diferente a los demás. Ella me reta a salir de mi zona y no me está molestando para nada. Mientras llegaba a la biblioteca, me di cuenta de algo. No era solo que Felicity era diferente, sino que yo también lo era cuando estaba con ella. Era como si su energía me empujara a ver las cosas de otra manera, a dejar de analizar cada paso y simplemente... vivir. Por ahora, solo quiero aprovechar cada momento que tenga con ella.

CAPÍTULO SIETE

Felicity

El sol asomaba lentamente por el horizonte, pintando el cielo rosa y anaranjado. La brisa del mar acariciaba mi piel, arrastrando conmigo esa mezcla de calma y caos que tanto necesitaba. Las olas eran impredecibles, casi como mi vida, pero se adapta a su ritmo como siempre he hecho. Remo con fuerza, el frío del agua pasa entre mis dedos. Al llegar la ola, me alineo para enfrentarla y me levanto para seguir su ritmo y dirigirme hacia donde deseaba llegar. Durante este tiempo no existía el tiempo, solo era yo y el mar abierto. No hay preocupaciones, no hay expectativas de lo que tengo que ser. Es aquí donde estoy libre y viva. Cuando has vivido en las inseguridades de la vida, el caos de las olas estimula el amor que le tengo a lo impredecible de la naturaleza.

La ola me llevó lo más cercano a la orilla y continúo hasta donde dejé mi bolso en la arena. Dejo la tabla a mi lado y me siento mirando el amanecer. Este es mi santuario, donde me aseguro de que todo esté bien.

Mientras admiro la belleza que está delante de mí, mi teléfono suena. Busco en mi bolso y respondo.

—¿Hola?

—Buenos días, Fifí. ¿Asumo que estás en la playa? —dice Jack.

—Claro que sí, Jack, ¿dónde más voy a estar?

Mi hermano Jack, cinco años mayor, trabaja en la panadería de mi padre. Él no expresa fácilmente sus sentimientos; su amor se ve en gestos silenciosos, como hornear mis pasteles favoritos cuando tengo un mal día o estas llamadas para preguntar cómo estoy.

—Tendrás que aprovechar porque sabes que en casa no tenemos playa como en Puerto Rico —me dice Jack, riéndose.

—Jack, no entiendes cómo el mar me brinda paz. Comparado con el caos que tenía que lidiar allá.

—Fifí, vamos a volver a lo mismo —me dice en un tono negativo—. Sabes que la situación es más complicada.

—Olvídalo, no quiero hablar de ese tema.

Jack da un suspiro fuerte. Él sabe lo frágil que es mi relación con mis padres, especialmente con mi madre. No he hablado con ella desde que me fui de Viena y no pienso hablar con ella en mucho tiempo.

—Está bien —dice Jack derrotado—. ¿Cómo vas en la universidad?

—Voy bien, realmente he viajado mucho por el programa y las personas en este lugar son tan cálidas. Lo amarías aquí —le digo para convencerlo de que venga unos días.

—No me veo saliendo para Puerto Rico, mucho menos con todo el trabajo en la tienda —Jack se ríe, pero toma un tono serio—. Mantente concentrada en lo que fuiste a hacer —me advierte—. Sabes que tienes talento para llamar la atención y entrar en situaciones o relaciones difíciles.

Ruedo mis ojos porque tiene razón. Toda mi vida, la atención siempre me seguía. Al principio me gustaba, pero después terminé rodeada de gente que no valía la pena, que me lastimaba o me metía en líos. Por suerte, mi hermano siempre estuvo ahí para sacarme. Supongo que por eso ahora mantengo a todos a cierta distancia… no dejo que realmente me conozcan. No puedo darme el lujo de fallar en lo que me he propuesto.

—Te extraño mucho y espero verte pronto. Te tengo que dejar ir, tengo unas clases y en la tarde salgo con unas amistades.

—No hay problema, pero no dejes que nadie te distraiga de lo que quieres hacer —Jack me advierte.

—Ya entendí. "Hab dich lieb, Jack".

—"Ja, ja... ich dich auch" —Jack me dice con su tono frío, pero sé que me ama también.

Cuelgo la llamada y guardo el celular nuevamente en el bolso. Me quedo unos minutos más disfrutando el paisaje antes de levantarme para la clase. Como me dijo Jack, me voy a concentrar en lo que quiero.

***

Estoy en mi sala, amplia y luminosa, el sol se cuela por las ventanas y calienta el piso, preparando el bulto con lo que necesitamos para la salida al Viejo San Juan. Quedamos en vernos en la Plaza Colón, caminar un rato y quedarnos en el área del Morro para ver el atardecer. Mientras guardo las botellas de agua, me ajusto la blusa negra que había combinado con un pantalón crema suelto, ligero para el calor que seguro nos espera. Me puse unas sandalias cómodas y agarré un par de accesorios sencillos, nada muy pensado, pero suficiente para sentirme yo. No era nada especial, pero me gustaba sentirme fresca, libre. Lista para caminar, reír, y, si todo salía bien, ver el atardecer sin pensar demasiado. En eso, la puerta de uno de los cuartos se abre y una voz me llama.

—Feli, ya estoy lista. ¿Y tú?

Por su voz, ya sé que es Clémence. Nos conocimos en la orientación cuando llegué a Puerto Rico, ya que ella también es de intercambio. Es pura elegancia francesa envuelta en confianza y coquetería. Su cabello oscuro cae en ondas perfectas, y sus ojos brillan con una mezcla de travesura y misterio. Siempre habla con un tono juguetón, como si cada palabra tuviera un doble sentido. Le encanta el coqueteo, no porque busque algo serio, sino porque disfruta el arte. Es de esas personas que saben exactamente qué decir y cómo decirlo para hacerte sonrojar sin esfuerzo.

—Sí, ya estoy lista —le digo a Clémence.

—Te pregunto, ¿quién es el nuevo muchacho que va con nosotros?

—Se llama Jay, es un amigo nuevo que conocí en la clase de natación.

—Ohh, ¿es lindo? —pregunta Clémence.

Fijo mi mirada en ella. Clémence me mira con una sonrisa, los ojos chispeando con esa travesura que siempre traía consigo. Sus pestañas temblaron apenas mientras inclinaba la cabeza con fingida inocencia, pero la curva traviesa de sus labios mostraba su intención.

—Cleme, desde ahora te digo que Jay no es como otros chicos. Es bastante reservado y trabaja mucho. Solo quiero que disfrute y tenga un momento de descanso.

Por un instante, Clémence frunce los labios ligeramente, casi pensativa, pero enseguida recupera su sonrisa.

—Pero yo no voy a hacer nada… todavía —su mirada continúa siendo traviesa, aunque hay algo que me hace pensar que no solo está bromeando—. ¿Por qué te pusiste tan defensiva?

—No estoy a la defensiva, solo no quiero que lo incomodes.

—Solo dime que te interesa, y yo respeto.

Mis ojos se abren, no esperaba esa respuesta de Cleme. Ella es una excelente amiga, pero sé que puede ser intensa.

—No me refiero a eso, solo es un amigo nuevo. Así que, recoge tus cosas y vámonos.

Clémence se ríe y me lanza una guiñada, como si supiera algo que yo no. De momento, la puerta principal se abre y Richard entra con su usual aire relajado. Lo conocí gracias a Clémence y, desde entonces, hemos salido en grupo a explorar la isla juntos. Siempre está dispuesto a organizar planes espontáneos, ya sea una caminata, un viaje o simplemente pasar el rato en la playa.

Se acerca con su sonrisa despreocupada y me envuelve en un abrazo cálido y firme. Me sujeta un poco más de lo normal, pero no le doy importancia. Richard es así, afectuoso y directo.

—Feli, te ves radiante hoy —dice con una sonrisa, manteniendo su mirada fija en mí por un segundo más de lo usual.

Le devuelvo la sonrisa sin pensar mucho en sus palabras. Richard siempre ha sido atento y lleno de cumplidos, es parte de su personalidad. No es raro que me diga cosas así, aunque a veces Clémence me lanza miradas divertidas cuando lo hace, como si viera algo que yo no.

—Bueno, vámonos—les digo.

Los tres salimos y nos montamos en el carro de Richard. Durante el camino hablamos de cosas ligeras: clases, rumores de la universidad, nada muy profundo. Al llegar a la plaza, encontramos estacionamiento cerca y nos bajamos. Reviso el celular y tengo un mensaje de Jay: *"Ya estoy aquí."* Escaneo la plaza y está sentado solo, mirando su teléfono. Lleva puesta una camisa verde oliva remangada, metida a medias en un pantalón corto beige, y unos tenis blancos que ya han caminado bastante. Tiene puestas sus gafas negras, que probablemente ocultan el cansancio marcado bajo los ojos por la rutina intensa que arrastra. Se ve bien, más pulido de lo usual, pero hay algo en su postura, en cómo se baja un poco sobre el celular, que me hace preguntarme si realmente está en ánimo de compartir. Al verlo, un alivio raro me llega, como si su presencia trajera balance al grupo. Camino hacia él y se pone de pie al verme. Me sonríe, y yo le devuelvo el gesto con un abrazo antes de tomarlo de la mano para presentarlo a los demás.

—Cleme, Richard, él es Jay. Lo conocí en la clase de natación.

Richard extiende su mano y saluda a Jay. Mientras tanto, Clémence le da un abrazo.

—Ahh, ya la conozco. Tú eras la que estaba hablando con Vilma en la fiesta —dice Jay a Cleme.

—Sabía que te había visto antes —comenta Clémence con su tono encantador, inclinando ligeramente la cabeza—. Me preguntaba quién era esa hermosura que me saludó.

Pongo los ojos en blanco y le lanzó una mirada de advertencia, esperando que capte la indirecta. Pero, por supuesto, Clémence solo sonríe con diversión, disfrutando de la reacción que provoca. Jay se ríe nerviosamente y mi enojo comienza a salir por la situación.

—Bueno, vamos a explorar que en una hora el sol se irá —les digo al grupo.

Las calles empedradas del Viejo San Juan resonaban con la energía del lugar con la gente caminando y los tonos vibrantes de los balcones coloniales. El lugar mismo parecía tener vida. La brisa salada acaricia mi piel mientras el sonido de la salsa se filtra desde un café cercano, dándole aún más magia al momento. Con emoción, señaló algunos de mis lugares favoritos, guiando al grupo con naturalidad. Me encanta explorar, perderme entre calles empedradas y descubrir rincones escondidos, y quiero que ellos también lo disfruten. La emoción iba creciendo en mi pecho, como si este lugar tuviera una energía especial que hiciera imposible quedarse quieto. Dirijo mi mirada hacia Jay; está sonriendo y hablando entre Clémence y

Richard, pero también está cansado y en los momentos de silencio, está a mil kilómetros de aquí.

—Vamos a parar en este café, así descansamos un poco —le digo al grupo.

Los tres afirman y mientras entramos, me acerco a Jay y pongo mi mano en su hombro.

—¿Qué pasa, Jay? ¿Te tengo que cargar? —le digo con un tono burlón, sin evitar reírme.

Él suspira, con una media sonrisa en su rostro, como si ya se estuviera acostumbrando a mis comentarios.

—No todos tenemos esa energía tuya —responde, sacudiendo la cabeza.

—Lo que necesitas es relajarte un poco más, aprender a fluir con el momento.

Le guiño un ojo antes de sentarnos. Verlo tratar de estar a la par con nosotros es tierno, pero no quiero estresarlo tampoco. Nos sentamos en una mesa en la esquina. Noto que Clémence y Richard se sientan en el centro, con dirección hacia la pared, haciendo que las únicas opciones sean las sillas en los extremos de la mesa.

—Jay, siéntate aquí —Clémence señala a la silla a lado de ella.

Jay toma asiento a lado de Clémence mientras yo voy al único asiento disponible, a lado de Richard. Ordenamos algo de tomar y comer y charlamos un momento. El aroma del café y quesitos recién horneados llena el ambiente. Richard se inclina levemente hacia mí con su sonrisa despreocupada, apoyando un brazo sobre la mesa como si estuviera completamente relajado.

—Siempre admiré tu espíritu aventurero, Feli —dijo Richard, inclinándose hacia mí, su sonrisa relajada, pero sus ojos buscando algo más—. No muchos se atreven a tirarse al vacío sin miedo.

Ruedo los ojos con una sonrisa divertida mientras tomo un sorbo de mi café.

—No es tan difícil cuando sabes lo que quieres —le respondo, sin darle demasiada importancia a su comentario.

—Y muy bien que lo sabes —agrega con una leve inclinación de cabeza—. Aunque me pregunto si todos aquí pueden seguirte el ritmo…

Con una mirada traviesa, Richard echa un vistazo hacia Jay, que está distraído conversando con Clémence. Jay sonríe ante algo que ella dice, pero juega con la taza como si siempre necesitara pensarlo dos veces antes de moverse. Sé que está bromeando, pero hay algo en su tono que me hace reaccionar.

—Jay hace su mejor esfuerzo —respondo con una sonrisa, apoyándome en la mesa—. Y créeme, no todo el mundo necesita moverse a mi ritmo para disfrutar la aventura.

Richard deja escapar una risa suave y se encoge de hombros. Golpea suavemente la mesa con los dedos, como si su energía no cupiera en ese asiento.

—Mi amor, con calma, no tienes que estar defendiéndose.

—¿Y qué si lo hago? —le lanzó una mirada desafiante, pero mi tono sigue siendo juguetón—. No todos tienen que ser como yo. Algunos prefieren su propio paso, y eso también tiene valor.

Richard se queda en silencio por un momento, su sonrisa se mantiene, pero su mirada se pierde hacia la calle, donde pasa una auto lujoso, y dice casi para sí mismo

—Sí… ese no es mi estilo. No pienso quedarme quieto mientras el futuro me espera allá afuera.

Decido no darle más vueltas. No es la primera vez que Richard me lanza comentarios así, para mí siempre ha sido parte de su personalidad bromista, pero últimamente, sus comentarios me hacían cuestionar si había algo más detrás de sus palabras. No quería complicar las cosas y me pareció de mal gusto el comentario hacia Jay. Continúo tomando mi café y mi mirada cae en Clémence y Jay. Ella inclina la cabeza con esa elegancia natural que tiene, juega distraídamente con la pajilla de su bebida y le sonríe de esa forma encantadora que he visto conquistar a varios chicos en cuestión de minutos. No es nada nuevo, pero no me está gustando esto. Jay no parece incómodo, pero hay algo en él que me hace fruncir el ceño. No está relajado, su sonrisa es cortada, su risa breve, y noto cómo mueve ligeramente su pierna debajo de la mesa. Un gesto nervioso, un tic que ya le he visto antes.

—¿Estará cómodo? —pienso molesta.

No es que me importe si Clémence coquetea con él. Jay es libre de hablar con quien quiera, de hacer lo que quiera. No soy de las que se detienen en esas cosas. Y, sin embargo, antes de que pueda pensarlo, ya estoy hablando.

—Clémence, ma chérie, no lo asustes —bromeó con una sonrisa ligera, mis palabras más naturales de lo que me gustaría admitir.

Clémence me lanza una mirada traviesa, conociéndome demasiado bien.

—Oh, por favor, Felicity, solo estoy siendo amable.

Clémence vuelve sus ojos hacia Jay, y por un instante, noto que su expresión se suaviza al observarlo con más atención. Parece captar algo en la postura de Jay, porque baja discretamente su mirada hacia la mesa y luego la sube con un toque menos juguetón, más cálido. Sus dedos, antes distraídos en la pajilla, ahora se detienen por completo, como si estuviera considerando algo.

Levanto una ceja y apoyo la barbilla en mi mano, mirando directamente a Jay.

—Claro, claro… Aunque no sé si Jay está acostumbrado a tanta "amabilidad" —le respondo a Clémence.

Jay se queda mirando a ambas con confusión, y por un segundo, espero que reaccione de alguna forma. Clémence respira suavemente, enderezando su postura con una sonrisa algo más mesurada.

—Perdona si te puse nervioso, Jay. A veces puedo ser un poco… intensa —dice con suavidad, mostrando una leve pero genuina disculpa detrás de la sonrisa—. Solo es mi forma de romper el hielo.

Clémence era así, siempre probando los límites, pero esta vez algo en su voz es diferente. Quizás porque notó lo mismo que yo noté en Jay, esa pequeña tensión nerviosa en él, y decidió retroceder. Esa pequeña muestra de consideración me hace sentir… inquieta. Ignoro totalmente esa inquietud y me levanto con mucha alegría.

—Vamos dirigiéndonos hacia el Morro, que perderemos el atardecer.

Recogemos la basura de la mesa, la botamos y salimos del café. En unos minutos llegamos. Respiro hondo, dejando que el aire llene mis pulmones mientras caminamos por el amplio terreno verdoso del Morro. El césped se extiende ante mí como una alfombra, familias sentadas y disfrutando el tiempo. A lo lejos, el sonido de las olas rompiendo contra las rocas se mezcla con las risas de niños corriendo con sus cometas al viento. Cada paso que doy, la tensión en mi pecho se disipa poco a poco. Tomó asiento en la grama y cerró los ojos por un instante, levantando el rostro al cielo, permitiendo que el sol cálido acaricie mi piel. Presiento unos pasos acercándose y, sin necesidad de voltear, sé que es Jay. Se sienta a un pie de mi lado y mira hacia el atardecer.

—Bonito, ¿verdad? —digo, admirando la belleza que hay delante de nosotros.

—Sí —responde él con calma.

Volteo hacia él y ya me estaba mirando. Sus ojos marrones, tan oscuros y expresivos, atrapaban la luz del cielo y parecían reflejar su calma. El viento desordenaba un poco su cabello negro, corto pero cuidado, dándole un aire despreocupado que contrastaba con la seriedad que a veces mostraba. Estaba preocupada de que no lo estuviera disfrutando. Sin embargo, al verlo, se veía más relajado, más en su elemento. Y, por alguna razón, eso también me tranquilizó. No sabía cómo había llegado a este punto, a sentirme tan cómoda con él, como si no necesitara filtrar mis palabras ni medir mis emociones. Había pasado tanto tiempo guardando ciertas cosas para mí misma, siendo fuerte por mi cuenta, que ni me di cuenta de lo natural que se había vuelto hablar con él en tan solo poco tiempo.

—Es curioso —dije sin pensarlo demasiado.

—¿Qué? —preguntó Jay.

—Extrañamente, estoy tan cómoda contigo —admití.

Jay forma una sonrisa divertida, de esas que parecen surgir sin esfuerzo y que iluminan su rostro con una calidez genuina. Ese gesto tan sincero, me envolvió en una tranquilidad inesperada, como si el mundo se detuviera y lo único real fuera la paz que me regalaba al mirarlo.

—¿Extrañamente? ¿Eso es algo bueno o malo? —me dice.

Solté una risa corta, jugueteando con los hilos de mi pulsera antes de responder.

—Diría que bueno, sí. —dije, mirando hacia la grama—. Es raro porque no suelo abrirme tan fácil con la gente. A veces creo que, si lo hago, termino dándole a los demás un poder sobre mí que no quiero que tengan.

Jay afirma lentamente, como si entendiera exactamente lo que quería decir.

—No tienes que contarme nada si no quieres —dijo con una voz tranquila—. Pero si lo haces, lo escucharé.

Esas palabras llegaron a mi mente como una brisa suave. Cuando sus ojos se encontraron con los míos, sentí una calma extraña, como si estuviera exactamente donde debía estar. No necesitaba palabras, solo ese momento compartido bajo el cielo que comenzaba a oscurecer.

—A veces tengo miedo —admití, bajando la mirada hacia mis manos—. De que todo este esfuerzo, toda esta búsqueda de algo más, sea en vano. De que, al final, termine exactamente donde no quiero estar.

Jay no respondió de inmediato, y cuando levanté la vista, me encontré con sus ojos observando con algo más que empatía. Algo profundo, que le dio peso a mis palabras, como si realmente importan.

—Lo entiendo —murmuró—. Creo que todos tenemos miedo de eso, de que nuestros esfuerzos no signifiquen nada. Pero... no creo que sea tu caso.

—Ah, ¿no? —pregunté con una ceja levantada.

—No. Porque eres Felicity, y lo que sea que te propongas, lo logras. —se sonríe.

No sé por qué, pero esas palabras, tan simples y dichas con tanta certeza, hicieron que algo cálido se instalara en mi pecho. No me di cuenta de que estaba sonriendo hasta que sentí el viento despeinarse, y en lugar de apartarme, simplemente me dejé llevar. Por primera vez en mucho tiempo, no sentí la necesidad de huir. Nos quedamos mirando el atardecer hasta que el sol terminó de esconderse en el horizonte.

—Mi gente, vamos yéndonos que ya es tarde. —Richard exclama

Todos nos levantamos y nos dirigimos a donde nos estacionamos.

Llegamos al punto donde Jay tenía que desviarse para su auto y nosotras debíamos continuar.

—Bueno, aquí los dejo. Lo disfruté mucho, gracias por la invitación. —dice.

Jay saluda a Richard y Clémence. Se dirige hacia mí y yo le doy un abrazo. Sentí sus brazos rodearme con firmeza, y sin pensarlo demasiado, me permití disfrutar del momento. Su abrazo no era breve ni distante, sino cálido, como si realmente sintiera que esta noche había significado algo.

—Nos vemos en la clase —le dije con una sonrisa, aunque mis brazos tardaron un segundo más de lo necesario en soltarlo.

Jay asintió con esa expresión serena que a veces tenía, la que me hacía preguntarme en qué estaba pensando.

—Nos vemos, Felicity —respondió, su voz más suave de lo normal.

Me quedé viéndolo caminar hasta su auto, mientras nosotros caminamos hacia el auto de Richard.

—Me cayó bien —dice Clémence a mi lado, con una sonrisa juguetona en los labios.

—Sí, les dije que es un buen tipo —respondo sin pensarlo mucho, manteniendo la vista en su silueta alejándose.

—Mmhh… ¿solo un buen tipo? —pregunta con tono travieso, arqueando una ceja.

—Cállate, Cleme. Nada que ver —le digo, poniendo los ojos en blanco.

—No he dicho nada —reclama ella, divertida.

Richard, que ha permanecido en silencio hasta ahora, suelta un suspiro antes de abrir la puerta del carro.

—Como quiera, no creo que pueda aguantar el empuje de nuestra energía—comenta, sin mirarme directamente.

No respondo. No porque esté de acuerdo, sino porque algo en sus palabras me molesta de una forma que no logro entender. Me subo al auto y miro por la ventana, viendo las luces del viejo San Juan reflejándose en las calles mojadas. La noche termina con un peso nuevo en mi pecho, una sensación extraña que se queda conmigo, aun cuando intenté ignorarla. Sentía el eco de la risa del grupo y el murmullo de las conversaciones aún rondando en mi mente. Había sido un buen día, tranquila, sin complicaciones; exactamente lo que necesitaba. Había algo en Jay que me hacía querer detenerse y escuchar, como si, por un instante, todo lo demás pudiera esperar. Quizás simplemente era porque no había conocido a alguien como él antes. O tal vez era porque, de alguna forma, su tranquilidad equilibraba mi energía desbordante. Mañana habría tiempo para pensar en lo que sea que mi mente estuviera intentando procesar. Por ahora, solo quería quedarme con lo bueno del día. El resto... eso podía esperar.

CAPÍTULO OCHO

Jay

Las palabras comienzan a verse dobles. La información no está registrada en mi mente. Me froto los ojos, intentando reiniciar mi concentración. Tengo un examen mañana y necesito absorber lo que leo. El ambiente se decora con los murmullos de las conversaciones en la cafetería y el olor de la mezcla de comidas. Ya llevamos como mes y medio desde que comenzaron las clases y este semestre va a terminar conmigo. Entre las clases, el internado y el voluntariado en la iglesia, tengo poco tiempo para estudiar. Aunque no ayuda que mi mente esté pensando en Felicity, pero no puedo arriesgarme a fallar en la recta final.

Algo me golpea el pecho y cuando miro hacia abajo, una papa frita es la culpable. Dirijo la vista hacia el origen del ataque y me doy cuenta de que olvidé que estoy con Vilma y la he ignorado completamente.

—¿A que te tiro el plato entero? —Vilma me regaña.

—Ay, no empieces —le digo riéndome.

—¿Estás bien? Estás medio desvela'o.

—Es que tengo exámenes, trabajo y la iglesia, y eso me tiene en un constante estado de estrés.

Vilma se ríe y continúa comiendo. Sus ojos reflejan una mezcla de empatía y burla, sus dos estados constantes.

—Loco, no sé cuántas veces te decimos que lo cojas con calma. Yo sé que estás en la recta final, pero esto no es saludable.

—Lo sé, es que también estoy cuestionando qué hacer después de graduarme —le dije, inclinándome sobre la silla.

—¿Todavía estás con eso de la iglesia? ¿Cuál es el apuro de decidir?

Suspiro profundamente.

—Ni yo mismo sé cuál es mi apuro. Es algo que me ha estado afectando recientemente. Es como si la puerta ya estuviera tocando y tengo que decidir si abrir o no.

—Mano, está apreta'o eso. Con calma, te conozco y sé que tomarás la mejor decisión.

Vilma siempre ha sido una amiga que me endereza cuando me estoy perdiendo. Sin embargo, esa mirada de sinceridad cambia a una de travesura.

—Y… ¿cómo vas con Felicity? —comienza a interrogarme.

—Vamos bien. No hemos salido desde que fuimos al Viejo San Juan, pero nos escribimos y hablamos en clase.

—Chico, vamos, que necesito actualización de mi novela —su cara se arruga de enojo de una forma que me causa risa.

—Con calma, es que he estado ocupado, pero próximamente le escribo para salir.

Como si los planetas se alinearan, recibo una notificación de Felicity.

Cuando la leo, dice: *"Esta noche, Noche de Salsa. ¿Vamos?"*. Sonrío y mi cara delata mi emoción.

—No me digas… ¿Es ella? —Vilma se endereza y me mira fijamente.

Le enseño el mensaje y ella se levanta de la emoción.

—¡Tienes que ir sí o sí! —sus ojos brillan como los de una madre viendo que su novela favorita añadió un episodio nuevo.

—Quisiera, pero es que tengo mucho trabajo y examen mañana.

—No vengas con esa excusa. Puedes salir y llegar a dormir temprano.

El sentido de responsabilidad me grita que no, que me enfoque en mi examen. Pero hay algo en su mensaje, en la idea de verla, que hace que todo lo demás se sienta un poco más… innecesario. No suelo ceder a los impulsos. Pero esta vez, quiero hacerlo.

—Está bien, le digo que sí.

Escribo un mensaje, confirmando. De mi periferia, Vilma está como una niña en una tienda de dulces gratis.

—Ya, ahora me vas a dejar estudiar —le digo a Vilma.

—Te lo permito —Vilma sonríe.

✳✳✳

Felicity y yo entramos a "El Boricua" en Río Piedras. Cada vez se ve más hermosa que la vez pasada. Esta vez lleva un vestido largo floral con tirantes delgados, ajustado en la parte de arriba y suelto desde la cintura, moviéndose con cada paso al ritmo de la música que se escapa del lugar. El estampado colorido resalta contra su piel y la hace ver como si fuera parte del ambiente, como si la salsa, las luces cálidas y el bullicio se organizaron a su alrededor.

Justo entonces, Felicity me toma la mano, jalando suavemente para pasar entre la multitud. Un cosquilleo me recorre el brazo mientras miro mi propia ropa. Una camisa de botones con un patrón blanco y negro, abierta sobre una t-shirt negra, unos pantalones oscuros y zapatos. Nada muy formal, pero lo suficiente como para ser parte del ambiente, aunque aun dudoso de si le hacía justicia al hecho de caminar al lado de alguien como ella. Felicity avanza hacia el interior del club y se gira para darme una sonrisa que ilumina mi noche. La música retumba en todo el local, la gente baila y conversa, creando un ambiente vibrante que huele a vida.

—¿Quieres algo de tomar? —me pregunta Felicity.

—Agua está bien —le respondo.

Felicity se inclina sobre la barra llena y comienza a llamar la atención del bartender.

—¡Andy! Un agua y lo mismo de siempre —grita Felicity.

El bartender levanta la mirada para mezclar unos tragos.

—Oh, Feli, te los doy ahora —le responde con familiaridad.

Me impresiona la rapidez con la que la atiende. Muchas personas la saludan y charlan con ella brevemente, se nota que ella está en su elemento en este lugar. Comparado conmigo, yo prefiero quedarme en la esquina para no molestar. Andy le entrega las bebidas y me pasa el agua. Nos quedamos un momento hablando y observando el ambiente. Trato de mantenerme en su energía, pero me es imposible. Sin embargo, no me frustro. Lo que quiero es poder estar a la par con ella, ser un poco más social.

—¡Vamos a bailar! —Felicity me dice, fijando sus ojos en los míos.

Mi primer instinto es decir que no. Estar al frente de toda esta gente me causa ansiedad. Pero sus ojos y su sonrisa me instan a decir que sí. Es como si la balanza del miedo fuera más liviana que el deseo de estar con ella.

—Dale, vamos —le respondo.

Ella toma mi mano y me lleva al centro donde todos están bailando. La canción termina y comienza una nueva. El golpe de las congas inicia, fuerte y vivo, de esos que se sienten en el pecho antes de que te des cuenta. La mano de Felicity está en la mía y ya se está moviendo hacia adelante, lista para tomar el control. Sin embargo, mi cuerpo no lo permite. Doy un paso al frente primero, guiándose con suavidad a la música. El ritmo se apodera de mí antes de que pueda detenerme. Cambio mi peso con naturalidad, mis manos guiándose con precisión. Su piel se siente cálida, su respiración entrecortada por la sorpresa. Nos movemos al ritmo de la percusión, nuestros cuerpos cerca, cada giro acercándonos más. Felicity tropieza un momento. Sujeta mi mano con más fuerza y alza la mirada, sorprendida.

—Espera… no sabía que bailabas.

—Soy boricua. La salsa está en mi sangre —le sonrío y la hago girar con facilidad.

Suelta una risa breve, pero veo la sorpresa en sus ojos.

Intenta liderar y por un momento la dejo. Pero justo cuando siente que tiene el control, le cambió el ritmo, guiándome a una vuelta por encima de mis brazos. Felicity se impresiona, sus pies tropiezan con la transición. Suelta una carcajada mientras se agarra de mi hombro.

—Esto es completamente injusto. —me dice.

Me inclino y sujeta su mano con firmeza.

—Solo sígueme —le digo antes de darle otra vuelta.

Y ahí es cuando algo dentro de mí se enciende. No sé por qué estoy tomando el control. Nunca lo hago. Siempre soy el que duda, el que deja que los demás decidan primero, el que se queda atrás pensando demasiado. Pero aquí, con ella, es diferente. Quizás sea la música, o la forma en que me desafía. O puede ser simplemente ella. No lo pienso. No quiero pensarlo. Solo la guío y ella me sigue... La música nos envuelve, la percusión nos mueve por el club y por un instante, no hay ninguna preocupación en este momento. Ella confía en mí para llevarla. Y por primera vez, descubro lo que se siente dar un paso al frente, sin miedo, sin dudas.

Bailando así de cerca, la química entre nosotros es innegable. Nuestros cuerpos se mueven como si fuera uno, el ritmo latiendo entre nosotros, dejando fluir el momento. Felicity tiene esa confianza juguetona en su rostro, mientras yo intento igualar su energía. Continuó firme, seguro, aunque mi corazón esté yendo a mil por hora. La giro una última vez y, de repente, nuestros rostros quedaron a solo centímetros. Su aliento roza mi piel, cálido e intoxicante. La música se desvanece de fondo, ahogada por el silencio que hay entre nosotros. Mi pulso se acelera. Ella no se aleja y yo tampoco. Por un segundo, parece que algo podría pasar, que algo debería pasar.

—Tranquilo, Jay. Si caigo ahora mismo, no sé qué voy a hacer. —Felicity me dice entre suspiros.

Ella se me queda mirando y, de inmediato, estallamos en risas, sacudiendo la cabeza mientras damos un paso atrás. El momento se escapa tan rápido como llegó.

Suelto un suspiro, encogiéndose de hombros como si no fuera gran cosa. Pero en el fondo, creo que lo fue. Los dos estamos sudando,exhaustos después del baile. Nos dirigimos hacia una mesa vacía para sentarnos y nos hacen llegar las bebidas que pedimos para refrescarnos. Felicity se aparta parte del cabello que le cae suelto sobre la cara, sus mejillas ligeramente sonrojadas.

—Me sorprendiste Jay —me dice Felicity

—Toda mi vida me crié con esta música, es un baile que sientes. Si no sé bailarla, fallo como puertorriqueño.

Los dos nos reímos, tratando de recuperar el aire.

—Me encanta la música de aquí, en Austria amamos la música, pero la salsa supera todo lo que escucho y bailo en casa.

—¿Extrañas tu casa?

—Un poco, extraño a mi hermano y a mi padre. Hablo con ellos a veces, pero me encanta estar aquí.

—Entiendo, que bueno que hablas español, si no fuera difícil vivir aquí. —le digo entre risas

—Si —me dice también riéndose —yo sé inglés, español y alemán, que es mi lenguaje principal.

—Oh que cool, sé inglés y español, pero no alemán.

Su rostro brilla, emocionada por lo que va a hacer.

—Bueno—dice con una sonrisa traviesa, girándose hacia mí—. Hora de una pequeña clase de alemán.

Suelto una risa, pasando una mano por mi cabello. Esto va a ser interesante.

Se inclina un poco hacia mí, sus ojos brillando con diversión.

—Repite después de mí, *'Ich bin müde'*

Intento imitarla.

—*"Ick... Bien... moo-duh?"*

Felicity suelta una carcajada, cubriéndose la boca.

—Casi. Significa 'estoy cansada'.

—Bien, porque lo estoy después de todo eso —digo, estirándome.

Ella rueda sus ojos de manera juguetona.

—Muy bien, ahora intenta esto: *'Du bist süß'*

Repito con más cuidado.

—*Du... bist... soos?*

Afirma mi intento —Nada mal. Significa 'Eres lindo'.

Pestañeo. Mi cerebro tarda un segundo en procesarlo. Pero antes de que pueda decir algo, lanza otra frase, esta vez con la voz, más suave.

—*'Ich bin nicht gut darin, anderen zu vertrauen, aber mit dir möchte ich es versuchen.'* —Dice, su mirada, clavándose en la mía.

Las palabras son un misterio, pero su tono… su tono lo dice todo. No es solo el idioma lo que me desordena, la pausa en su voz, la carga en sus palabras. No las entiendo, pero sé que significan algo. Es algo distinto. Mi pecho se aprieta.

—¿Qué significa eso? —le pregunto

Titubea por un momento. Luego, inclina su cabeza y forma una sonrisa lenta, casi enigmática.

—Averígualo tú mismo —me dice

Se recuesta en su asiento. Pero sus ojos no se apartan de los míos. Y de repente, el espacio entre nosotros se siente cargado otra vez, algo no dicho flotando en el aire, esperando.

—Es tarde, te acompaño a tu hospedaje. —le digo para cortar la tensión.

Ella accede, y los dos nos levantamos y salimos del club. El aire nocturno es cálido, cargado con el eco de la música aún resonando en mis oídos, la noche vive con toda la juventud en la carretera. Las luces de la calle proyectan sombras largas mientras Felicity y yo caminamos alejándonos del club. Sus pasos son ligeros, casi como si siguiera bailando en su mente.

—¿De verdad vas a irte a casa a dormir después de esto? —bromeó, dándome un leve empujón con su hombro.

Suelto una risa, llevándome una mano a la parte de atrás del cuello.

—Bueno… Ese era el plan.

Se detiene frente a su hospedaje y se gira hacia mí con un destello travieso en los ojos.

—Sube conmigo —dice, como si fuera lo más simple del mundo. —Podemos seguir hablando, escuchar algo de música… a menos que tengas miedo de perder unas horas de sueño.

Dudo. La lógica grita que me vaya, que esta es una mala idea. Que mañana, cuando el sol salga, me arrepentiré de haber elegido esto sobre mis responsabilidades. Pero también hay otra voz, más baja, más difícil de ignorar… ¿Y si, solo por una vez, me dejo llevar? Luego la veo: su pelo alborotado, su respiración aún agitada por el baile, la forma en que me mira, como si supiera que estoy a punto de decir que sí. Y, contra todo pronóstico, lo hago.

—Está bien. —asiento.

Sin decir nada más, se gira, empuja la puerta y entra mientras la sigo. La escalera poco iluminada, el eco de nuestros pasos resonando suavemente mientras subimos, la distancia entre nosotros reduciéndose con cada escalón. Mis pasos siguen los de ella, más cerca de lo que deberían. La puerta se cierra con un sonido suave, pero en mi cabeza suena como un punto sin vuelta atrás. No sé qué significa esto, pero sí sé una cosa: la noche aún no ha terminado. Y parte de mí, la parte que apenas estoy empezando a reconocer, no quiere que lo haga.

CAPÍTULO NUEVE

Felicity

Abro la puerta de mi cuarto y enciendo la luz. El brillo de mi lámpara ilumina el caos organizado que tengo. Un mapa lleno de tachuelas, tarjetas de lugares que he explorado y pienso explorar, fotos rodeando las paredes y libros por todos lados. Este cuarto soy yo, es una representación auténtica de mí.

Jay entra al cuarto, titubeando un poco antes de hacerlo. Él es siempre tan cuidadoso en todo lo que hace. Como si su mente analizara cada paso y cada momento al máximo.

—Relájate, Jay, no pienso sacrificarte —bromeo.

Él sonríe mientras pasa su mano por la parte de atrás de su cuello. Sus ojos están llenos de curiosidad mientras observa cada rincón. Estoy expuesta en este momento, dejando que sea testigo de un lado que jamás esperé mostrar. Sus manos se deslizan por el piano eléctrico que tengo. Yo no toco, pero me gusta cómo se ve. Sus dedos pasan delicadamente por las teclas, su mente distraída en otro lugar.

—¿Sabes tocar? —le pregunto.

Fija su mirada en mí, sus dedos todavía en el piano.

—Un poco —me responde.

Eso es mentira, la manera en que miraba el teclado es como si fuera una puerta a una parte de él, y quiero saber qué hay adentro.

—Dale, Jay. Quiero escucharte.

Me vuelve a mirar y su sonrisa presenta una mezcla de vergüenza y gozo. Toma asiento en el banco del piano mientras yo me acomodo en el borde de la cama. Sus dedos inspeccionan cada tecla como si estuviera cuestionando si tocar. De momento, comienza a tocar unas notas. Son suaves y delicadas, casi inseguras, como si estuviera en un terreno desconocido. Cada tecla que presiona se siente cuidadosa, como si tuviera miedo de romper algo frágil. No sé por qué, pero me aprieta el pecho, como si la música estuviera haciendo una pregunta que no quiero responder. Luego, la melodía se abre. Más compleja que antes, pero se siente tan sencilla. Lleva una tristeza suave, la clase de tristeza que aparece cuando te das cuenta de que extrañas algo que nunca has tenido. Contengo la respiración sin darme cuenta. El sonido llena el cuarto y, por un instante, no hay nada más que la música y él. No quiero interrumpir este momento.

Él levanta su mirada momentáneamente hacia mí. Esos segundos en los que nos quedamos mirando, la música, aun siendo la misma melodía, toma una forma distinta. Hay una calidez, una invitación silenciosa, como salir al sol después de un largo invierno. Se siente seguro, pero aterrador al mismo tiempo. Mi corazón se agita, reconociendo qué es lo que estoy escuchando. No estoy solo escuchando una melodía. Estoy conociendo a Jay, nota por nota. Estoy escuchando su alma, su esencia desbordándose entre las teclas.

Este no es el Jay que suelo ver. El Jay que conozco analiza demasiado todo, duda antes de hablar, carga el peso de demasiadas expectativas. Pero esto es distinto. Sus ojos están cerrados, su cuerpo relajado, sus manos moviéndose como si la música le dijera a dónde ir. Escucho anhelo, esperanza, conflicto, algo casi agridulce. Sus últimas notas se quedan en el aire. La música se desvanece, y lo único que queda es el silencio entre nosotros.

—¡Wow! —digo suavemente—. Eso fue… increíble.

—Gracias —me dice mientras sus manos siguen en el teclado—. El piano siempre ha sido mi manera de desahogarme.

Mira hacia mí y hago un gesto con mi mano para que se siente en la cama. Se levanta y toma asiento a mi lado.

—Se escucha que tenías mucho que decir —le digo.

—Últimamente me he sentido abrumado y dividido.

Acomodo mi cuerpo para así dirigirse hacia él.

—No es solo eso —me dice —. Estoy batallando entre lo que he estado trabajando todo este tiempo y algo que no me deja ir.

Sus ojos muestran un conflicto intenso. Su pierna no para de moverse. Su mirada carga un peso que lleva encima desde hace mucho tiempo.

—Tengo… un llamado pastoral —me dice.

Me quedo quieta, no puedo moverme. De todo lo que podía pensar, esto fue lo último que esperaba. Mi instinto es decir una broma para aliviar el ambiente, pero lo que dijo era algo serio, y me lo confirma en su mirada. Esto no es un pensamiento pasajero, esto ha sido algo que lo ha estado consumiendo.

—Jay… eso es… grande —digo, las únicas palabras que puedo pensar en el momento.

Las palabras flotan en el aire, pero me cuesta atraparlas. ¿Jay? ¿Pastor? Nunca lo había visto así, nunca lo habría imaginado. Y, sin embargo, ahora todo encaja de una manera extraña. Jay se ríe débilmente, como si estuviera tratando de suavizar lo que dijo.

—Sí, tienes toda la razón —se rasca la cabeza—. Y no tengo ni idea de qué hacer. No sé si es realmente mi camino o si solo tengo miedo de dejar atrás todo por lo que he trabajado. Miedo de decepcionar a quienes amo.

Sus palabras penetraron mi alma. Ese sentir lo entiendo, entre escoger lo que quieres o seguir las expectativas de otros.

—¿Tienes miedo de escoger el camino incorrecto? —digo suavemente.

Él me mira y, por primera vez desde que lo conocí, se ve... en conflicto. No de la forma tranquila y pensativa en la que suele estar, sino de una manera que se siente más pesada.

—Estoy estudiando enfermería, con un plan para ser doctor. Paso mis días en un hospital tratando de hacer una diferencia. Pero no importa lo que haga, es como si... no fuera suficiente.

Eso me tomó por sorpresa.

—¿No es suficiente para quién? ¿Tu familia? —le pregunto.

—Para mí. Para lo que siento que debería estar haciendo —me responde.

Me inclino hacia él, esperando, sabiendo que hay más. Baja su mirada hacia sus manos.

—Tenía quince años cuando lo sentí por primera vez —admite, su voz apenas un susurro—. Como si Dios me estuviera llamando a algo más grande. Pero solo era un niño y pensaba que tal vez me lo estaba imaginando. O tal vez no estaba listo. Así que lo dejé a un lado.

Sus dedos juegan entre sí, sus hombros están tensos. Solo me quedo callada.

—Luego crecí, y la vida se volvió… complicada. Amo la medicina. Amo poder ayudar a las personas de una manera física. Tiene sentido. Pero cada vez que creo que tengo mi vida resuelta, ese sentimiento regresa. Como si estuviera corriendo en la dirección equivocada.

Me quedo con sus palabras por un momento, dejándolas internalizar entre nosotros.

—Entonces, ¿qué te detiene?

Su mandíbula se tensa, y la respuesta esta plasmada en su rostro antes de que la diga.

—Mi familia, mi futuro, todo por lo que he trabajado. —Sacude la cabeza, frustrado—. ¿Cómo simplemente dejo todo eso atrás?

—Tal vez no lo estás dejando atrás —le digo, observando con cuidado—. Tal vez solo tienes miedo de arriesgarte.

Su cabeza se gira hacia mí de golpe, y por un segundo, creo que he cruzado la línea. Pero entonces su expresión cambia un poco y me regala una breve sonrisa.

—Lo haces sonar tan fácil —murmuró.

Dejo escapar una risa corta.

—Jay, nada en la vida es fácil. Pero si ya conoces lo que quieres hacer, ¿por qué sigues peleando contra eso?

No responde de inmediato. En cambio, me mira… me mira de verdad. Como si estuviera viéndome de una manera diferente a la de antes. Mantengo su mirada, negándome a dejarlo esconderse detrás de sus propias dudas.

—Te admiro, ¿sabes? —le digo—. La forma en que te importa. La manera en que realmente piensas en cómo tus decisiones afectan a los demás. No muchos lo hacen.

Jay suelta un largo suspiro, su mano sosteniendo su cadena.

—A veces pienso demasiado —dice entre risas.

Los dos nos reímos. Tanto hablar y no me doy cuenta de la hora. Ya eran las dos de la mañana y el tiempo pasó como si nada.

—Creo que es tiempo de dormir. —le digo

—Tienes razón.

Nos levantamos y lo acompaño hasta la puerta principal. Me recuesto contra la puerta mientras él sale, pero no se va inmediatamente. Se voltea y me mira con esos ojos que tienen el poder de revolverme el estómago, de provocarme un cosquilleo tonto en la piel. Me acerco hacia él para darle un abrazo como cualquier otro. Sin embargo, cuando sus brazos me envuelven, hay algo en su tacto que me hace olvidar por un segundo dónde estamos. Dejo que la calidez de su cuerpo me rodee. Sin pensarlo, hundo la cabeza en su pecho, respirando más profundo de lo necesario, casi como si no quisiera soltarlo. Mi corazón se acelera, traicionándome, y por un instante me permito disfrutar la sensación de seguridad que él me da. Mis dedos incluso se aferran un poco a su camisa, como si no quisiera que este momento terminara. Cierro los ojos, permitiéndome, solo por un segundo, esta paz que tengo estando aquí... con él. Pero entonces, como si una alarma sonara en mi mente, me doy cuenta de lo que está ocurriendo. Me separo de golpe, intentando disimular con una sonrisa, aunque su calor sigue conmigo incluso cuando ya no lo estoy tocando.

—Nos vemos en clase —le digo, mis mejillas rojizas y mi mirada evitando la suya.

Jay asiente, pero no dice nada. Su boca se entreabre, sus ojos escanean mi rostro como si buscara las palabras correctas. Espero. Pero al final, solo sonríe, apenas una curva en sus labios, y se aleja. Cierro la puerta y me dirijo hacia mi cuarto.

No debería sentirme así. No debería estar tan consciente de él. No debería desear que se quedara un poco más. Tal vez fue ver a Jay así, atrapado entre la pasión y la incertidumbre, con sus emociones expuestas de una manera que se sintió casi demasiado íntima de presenciar. Tal vez fue la forma en que habló de sus luchas, con esa misma inquietud que he tratado tan duro de ignorar en mí. O quizá… es otra cosa. Algo más profundo, algo que aún no estoy lista para admitir. Con cada paso, trato de convencerme de que nada ha cambiado. Pero algo dentro de mí sabe que eso es mentira. Jay no es como nadie que haya conocido antes. Y por primera vez en mucho tiempo, ese pensamiento me inquieta más de lo que debería.

CAPÍTULO DIEZ

Jay

Pasamos entre la vegetación, verificando cada paso para evitar tropezar. Felicity me dice que sabe de un spot espectacular con excelentes olas. Ella dirige el camino entre los árboles, su energía brillante como siempre.

—No te quedes atrás —bromea mientras sigue avanzando.

Han pasado dos semanas desde la noche de salsa y hemos estado saliendo casi todos los días. Entre desayunos después de clase y salidas de fin de semana, el tiempo ha pasado como si nada. Nunca he disfrutado compartir con alguien tanto como lo disfruto con ella. He intentado actividades que jamás pensé hacer, y hoy ella ha insistido en que aprenda a surfear. Obviamente, le dije que sí. ¿Cómo puedo decirle que no a otra aventura con ella?

—¡Ya llegamos! —celebra Felicity.

Cruzo entre los árboles y ahí está, Playa Escondida. Me detengo por un segundo, sin poder evitarlo. Es como si hubiéramos tropezado con un tesoro escondido. Frente a mí se abre una playa virgen, sin huellas, sin ruido, sin nadie. Solo el sonido del mar y el viento moviendo las palmas. El agua es tan clara que casi puedo ver el fondo desde aquí.

—¿Estás preparado? —me pregunta.

—Lo más que puedo estar —le respondo.

Ella comienza a prepararse para entrar al agua. Mientras hago lo mismo, no puedo evitar fijar mi mirada en Felicity. Su piel clara brilla con el sol y resplandece como una perla. Su pelo dorado, suelto y libre, como ella. Le pido perdón al mar, porque ella es la mejor vista que puedo tener.

—Nunca pregunté, ¿cómo te fue en el examen de la otra vez?

—No me fue tan bien, estaba difícil.

La mentira sale con facilidad, pero la culpa se instala en mi pecho al instante. Honestamente, últimamente he estado ignorando mis trabajos. He estado pasando todo mi tiempo con Felicity. Salimos a la playa, caminamos por la ciudad, hablamos hasta tarde… y, de repente, los días se me van. No es que no me importan mis responsabilidades, pero estar con ella se siente tan natural y fácil que todo lo demás queda en segundo plano; debería estar repasando para los próximos exámenes, no aquí perdiendo tiempo en el agua, pero la energía de Felicity hace que cualquier preocupación se disuelva como espuma en la arena. Solo un rato más, luego me pondré al día… ¿cierto?

—Olvídate de eso, que ya me estoy arrepintiendo de decirte que sí —le digo.

Se sonríe y toma su tabla.

—No, tú no te vas a escapar así de fácil —dice.

Nos dirigimos hacia el agua y entramos, los dos con nuestras respectivas tablas. Estamos uno al lado del otro mientras las olas pasan por debajo de la tabla. Felicity señala mi tabla y me mira.

—Perfecto, primer paso: acuéstate.

—¿No deberíamos empezar en la arena? —le cuestiono.

—Normalmente, pero vamos a acelerar el curso.

Dudo antes de ponerme boca abajo sobre la tabla. Las pequeñas olas la mueven, y batallo para no caerme. Felicity comienza a mostrarme cómo debo tomar la ola.

—Vas a mover tus manos así. Cuando sientas que la ola te lleva, empujas con los brazos, deslizas primero el pie trasero y luego el delantero. Mantén las rodillas dobladas.

Trato de seguir sus movimientos lentamente, levantando el torso y colocando los pies donde ella lo guía. La ola se mueve y batallo para mantenerme de pie. Sin embargo, solo puedo balancearme unos segundos antes de resbalar y caer al agua. Debajo del agua, puedo escuchar la risa de ella vibrando a través del océano. Me levanto y Felicity sigue riéndose mientras yo sacudo la cabeza y escupo agua salada.

—Eso estuvo cerca —dice con una sonrisa traviesa.

—Sí, sí, me alegra que estés disfrutando mi tortura —respondo, pasando una mano por mi pelo mojado.

Ella extiende una mano para ayudarme y me motiva a subir de nuevo a la tabla.

—Inténtalo otra vez. Esta vez, relájate y siente la ola en lugar de luchar contra ella.

Respiro hondo y me acomodo en la tabla nuevamente. Esta vez, en lugar de pelear con la ola, espero la corriente correcta. Cuando empieza a empujarme, hago exactamente lo que Felicity dijo: empujo con los brazos, deslizo un pie y luego el otro. Mi cuerpo tiembla por un momento, pero esta vez, en lugar de caer, logro mantenerme en equilibrio.

El viento golpea mi rostro y una risa se me escapa de la garganta. Escucho los gritos de celebración de Felicity y, en ese momento, entiendo la libertad de la que ella me habla.

—¡Jay, eso! —grita con entusiasmo.

Me deslizo por la ola, sintiendo la adrenalina recorrer cada parte de mi cuerpo. En ese instante, entiendo lo que ella quería decir con bailar con el océano. Cuando finalmente vuelvo a la orilla, salto de la tabla con una sonrisa que no me cabe en la cara.

—¡Eso estuvo brutal! —le grito.

—Te lo dije. Y con más práctica, podrás hacer esto.

Felicity se acuesta sobre su tabla y comienza a nadar hacia una ola, agarrándola como si fuera parte del mar. Se para con firmeza, con esa seguridad de alguien que ha surfeado toda la vida. La ola se levanta grande, pero ella no se asusta, más bien la usa a su favor. Hace un giro rápido, bajando con velocidad mientras el agua salpica a los lados. Se ve increíble, como si estuviera bailando con el océano.

Cuando termina la corrida, cae suavemente en el agua y suelta una risa llena de adrenalina, disfrutando cada segundo. Verla así, su pelo volando por el aire, su risa iluminando cada momento… Cada día que paso con ella, no quiero que termine. Llega hacia donde estoy y caminamos hasta llegar casi a la orilla.

—Yo no voy a poder competir con eso —le digo.

—Para tu primera vez, lo hiciste excelente. Yo llevo años practicando, así que un día te verás así —responde mientras exprime su cabello.

—Lo dudo, pero ahora entiendo tu amor por esto.

—Te lo dije, este lugar es hermoso…

Mientras hablaba, noto una ola que se está formando y dirigiendo hacia nosotros sin romperse aún. Casi por instinto, agarro la mano de Felicity.

—¡Cuida'o! —le grito.

La ola nos golpea, arrastrándome con ella. La mezcla de arena y agua salada nos desorienta, pero no la suelto. Lo áspero de la arena raspa mi espalda y me doy cuenta de que estoy acostado en la orilla. Algo se posa sobre mi pecho. Trato de abrir los ojos, aunque el agua salada me lo dificulta. Cuando por fin logro hacerlo, me encuentro con los ojos azules de Felicity. Está sobre mí.

Su cuerpo sobre el mío es ligero, pero su cercanía es abrumadora. Su pelo, lleno de agua salada, gotea sobre mi piel, enviando un escalofrío que no tiene nada que ver con el frío. Sus manos tiemblan ligeramente sobre mi pecho, sus dedos apenas rozando la tela mojada de mi camisa. Mis manos, sin pensarlo, han terminado en su cintura, sintiendo el calor de su piel bajo la tela de su traje de baño. Suavemente, Felicity respira hondo por la boca, como si intentara calmarse. Sin notarlo, mi mirada se detiene en sus labios. Una corriente me recorre la espalda. No sé si soy yo quien no se mueve o si es ella quien no se atreve. Los segundos se alargan, volviéndose eternos.

Quiero decir algo, cualquier cosa, pero mi garganta está seca. Su piel está caliente, su respiración entrecortada, y en sus ojos hay algo distinto. No sé si es el movimiento de las olas o si es el latido en mi pecho lo que me hace acercarme. O tal vez, solo tal vez, es ella. La brisa juega con los mechones de su pelo, y mis dedos, sin pensarlo, se tensan apenas sobre su cintura. Unas pulgadas más, un segundo más... y la distancia desaparecería. Felicity no se mueve, yo tampoco. Solo un poco más... Pero la naturaleza tiene otros planes.

La ola nos golpea sin piedad, fría y brusca, como si el océano mismo nos recordara que aún no era el momento. Felicity suelta un pequeño grito mientras el agua nos envuelve, arrancándonos de nuestro pequeño mundo de arena y susurros. Por un segundo, nos quedamos en shock... hasta que, sin poder evitarlo, la risa estalla entre nosotros. Me siento en la arena, sacudiendo el agua de mi cara, mientras Felicity hace lo mismo a mi lado. Intentamos actuar con normalidad, pero la tensión sigue ahí, suspendida en el aire entre nosotros.

Felicity baja la mirada y se muerde el labio, como si intentara ocultar algo. No sé si es vergüenza, nervios o qué será. Respiro hondo y me río frágilmente, fingiendo que nada ha pasado. Pero mi mente sigue atrapada en ese instante, en lo que casi ocurrió. En lo que, por unas pulgadas, no fue. Nos quedamos sentados en la orilla, uno al lado del otro, viendo las olas romper suavemente frente a nosotros. El agua nos sigue mojando, pero ninguno hace el intento de moverse.

El silencio entre nosotros es diferente ahora. No es incómodo, pero se siente… cargado. Como si algo invisible flotara entre nosotros. Felicity, con una media sonrisa, me da un codazo en el brazo.

—Gracias por tratar de ayudarme —bromeó.

Dirijo mi mirada hacia ella, pero no puedo evitar sonreír.

—Lo importante es que traté.

Ella suelta una risa suave y se sacude un mechón de cabello mojado de su rostro. Por un momento, todo se siente normal otra vez. Como si nada hubiera pasado. Como si la tensión de hace unos minutos se hubiera disipado con la risa.

Pero cuando nuestras miradas se cruzan una última vez, algo cambia. No es solo un cruce de ojos, es un reconocimiento. Un entendimiento silencioso de que ambos sentimos algo en ese momento, de que la línea que separaba nuestra amistad se ha vuelto extremadamente borrosa. Por primera vez, me pregunto si lo que estoy sintiendo no es solo mío. Si esa chispa entre nosotros ha estado ahí desde el principio, esperando ser reconocida. Pero antes de que pueda procesarlo, antes de que pueda entenderlo, el momento se esfuma… como una ola que se retira, dejando solo la arena húmeda como prueba de que alguna vez estuvo ahí.

CAPÍTULO ONCE

Felicity

Tumbada en mi cama, la cabeza colgando sobre el borde. Miro todo al revés: el piano, el escritorio, los carteles en la pared. Todo se ve familiar pero distinto a la vez, como me he estado sintiendo estos últimos dos días. Mis brazos descansan sobre mi estómago mientras exhalo lentamente, tratando de evitar los pensamientos que vuelven a colarse. La playa, el agua, Jay. La forma en que me miró, la manera en que su voz sonaba, la forma en que casi… No, basta. Solo fue un momento, nada más. Sacudo la cabeza y me recupero rápidamente, apartando el cabello de mi rostro. No tiene sentido pensar en algo que nunca pasó.

Recibo una notificación de Clémence en el grupo, confirmando nuestra salida esta noche. Nosotras, otras amistades y… Jay. Llegan las respuestas de todos afirmando que llegarán. Solo tengo la energía de enviar un fueguito y lanzar mi teléfono hacia el otro lado de la cama. Trato de justificar ese día en mi mente. Quizás la mezcla de adrenalina y el ambiente hicieron que reaccionara de esa manera. Yo no soy de relaciones, el romance solo está para darte una falsa seguridad para que la otra persona te traicione y arruinen todo lo que se formó entre los dos. Sin embargo, Jay ha sido el único que me he sentido cómoda en ser yo y mostrar mis áreas débiles. Tapo mis ojos con mis manos, a ver si me ayuda escapar de mi mente. En este proceso, tocan mi puerta.

—Entra —grito.

Clémence entra y se queda parada en el marco de la puerta.

—Feli, ¿comemos algo antes de irnos? —me pregunta

—No te preocupes, no tengo hambre.

Procedo a levantarme y sentarme en mi escritorio a maquillarme   . El reflejo del espejo delata la mirada traviesa de Clémence cuando desea preguntar algo.

—Pues… ¿Tú y Jay son…?

—Amigos, nada más —la interrumpo de inmediato.

Ella se queda impresionada, pero no se rinde.

—¿Estás segura? Ustedes han estado saliendo mucho últimamente.

—Para nada, Jay es… bueno, pero ahí no hay nada.

No entiendo por qué tiene que estar preguntando, aquí no ha pasado nada y no va a pasar nada. Aunque, no se si lo estoy diciendo para convencerla a ella o a mí misma.

—Bueno, si tú lo dices. Él es lindo.

El aire se espesa en mi garganta. Mis manos se tensan mientras intento seguir con mi maquillaje, pero mi reflejo me delata. No me gusta esto. No debería molestarme.

—Clémence, haz lo que tu quieras. —le digo, casi empujando las palabras.

—Okay, solo quería estar segura.

Clémence cierra la puerta y me deja en el silencio de mi cuarto. El eco de sus palabras todavía flota en el aire. Mi pecho sigue ardiendo, y aunque trato de ignorarlo, esa sensación no desaparece. ¿Por qué me molesta? No debería importarme si Clémence piensa eso. Porque estoy aquí por mi futuro, no para enredarme con alguien.

Aprieto los ojos y exhalo con fuerza. No. No voy a hacer esto. No voy a complicar lo que es simple. Me miro en el espejo y los colores del maquillaje parecen tan caóticos como mi mente en este momento. Con un suspiro, agarro una toalla y empiezo a borrar todo. Como si con eso pudiera borrar también la confusión que tengo ahora mismo.

***

Sentados en una mesa, la música suena por toda la discoteca. Todos estamos hablando, riéndonos, las luces parpadean y el ambiente es ligero, despreocupado. Es una de esas noches en las que todo debería ser fácil, sin peso, sin pensamientos enredados.

Pero entonces está Clémence. Siempre ha sido coqueta, es parte de su personalidad, pero esta noche… esto es demasiado. Al principio, ignoro lo que está haciendo, pero pasa el tiempo y me afecta lo que veo. Mi estómago se hace un nudo cuando Clémence pasa una mano por su cabello mientras le habla. Mis dedos se tensan alrededor de mi vaso cuando su mano descansa sobre la rodilla de Jay, casual, pero no lo suficiente como para que parezca un gesto inocente. Se inclina, sus labios apenas a centímetros de su oído, susurrando algo que no puedo escuchar. Intento concentrarme en mi vaso, pero la risa de Clémence perfora mis pensamientos. Jay le sonríe. O quizás es ella la que lo hace sonreír. Mis uñas raspan contra el vidrio de la mesa.

Concentro la vista y ahí está Jay, sus ojos fijos en mí. ¿Está viendo cómo reacciono? ¿Está esperando algo? No lo sé, y sinceramente, no quiero saberlo. Esto es ridículo. No tengo por qué sentirme así. No tengo por qué estar aquí, así, hecha un nudo.

—Vuelvo ahora.

Sin dejar que nadie responda, me levanto y camino hacia la barra. Paso entre la gente, esquivando cuerpos sin realmente verlos. Cuando llego, apoyo las manos sobre la superficie fría y exhalo con fuerza. Necesito respirar. Necesito claridad. Pero incluso aquí, con la distancia entre nosotros, la imagen de Clémence inclinándose sobre Jay sigue clavada en mi cabeza, y eso me molesta más de lo que quiero admitir.

—¿Problemas en el paraíso? —La voz de Richard llega por mi hombro. Giro y lo veo aparecer con su típica sonrisa relajada.

—Estoy bien —respondo rápido, demasiado rápido—. Solo siento que algo no encaja y no se qué es.

—Tú, sintiéndote fuera de lugar... eso sí que es raro —dice, intentando bromear—. Siempre pensé que tú eras la que le ponía ritmo a todo.

—Quizás hasta yo me pierdo a veces.

Richard se inclina sobre la barra y juega con su botella.

—¿Sabes? Por eso siempre estoy soñando con mi propio taller. Un lugar mío, donde todo tenga sentido —me dice.

Alzo la mirada, curiosa.

—¿Tu taller?

—Sí. Un shop de carro, completo. Reparar, modificar, crear—sus ojos brillan por un instante, y sus manos dibujan en el aire un espacio imaginario—. No quiero quedarme dando vueltas sin rumbo. Quiero algo grande, algo mío.

Por un momento, mi pecho se afloja. Su entusiasmo me arranca una pequeña sonrisa.

—Suena como un buen plan.

—Cuando quieras, te enseño las fotos del sitio que tengo en mente. Para que veas que no todo en mi vida son vacilones —dice con un guiño, intentando recuperar su tono despreocupado.

Asiento con un gesto leve. Richard sigue hablando, animado, dibujando en el aire su futuro con ese entusiasmo que siempre lo acompaña. Por un momento, dejo que su voz me envuelva y me distraiga, que sus sueños tapen el ruido que traigo por dentro. Incluso logro sonreír.

Pero, a pesar de todo, el nudo sigue ahí. No sé por qué no se afloja, por qué mi pecho todavía pesa. Richard logró distraerme… pero no arrancar lo que siento. Ni siquiera yo termino de entender qué es.

Jay

Felicity se fue demasiado rápido. Algo en su expresión antes de levantarse me dejó inquieto, como si estuviera molesta o… no sé. Diferente. No puedo decir exactamente qué cambió, pero lo sentí. Durante toda la noche había estado actuando normal, como siempre y en un abrir y cerrar de ojos, Felicity se quedó callada y se cerró. No me gusta cómo se siente eso. Antes de que pueda pensar demasiado en ella, Clémence se inclina hacia mí, rompiendo mi línea de pensamiento. Su tono es más juguetón de lo usual.

—¿Siempre es así contigo? —pregunta, mirando hacia donde se fue Felicity.

—¿Así cómo?

—Como si de repente el mundo dejara de importarle.

La miro, sorprendido.

—Creo que sí. Felicity… tiene su propio universo.

Clémence juega con la servilleta, pero no tiene la sonrisa que la distingue.

—Debe ser lindo. Poder moverse por el mundo sin que nadie espere nada de ti.

—¿Eso te pasa mucho? —pregunto sin pensarlo.

Ella se ríe bajito, sin humor.

—Todo el tiempo. No sé si me explico, pero… siento que ya no sé dónde termino yo y dónde empieza la versión de mí que todos esperan. Mi manera de hablar, de sonreír, hasta cómo entro a un lugar… es como si ya viniera programada. Y yo… —dice, levantando apenas la mirada—yo solo quería ver qué se siente ser nadie por un rato.

Me quedo callado. Entiendo más de lo que quisiera.

—Debe ser agotador —digo al fin.

Ella asiente y por primera vez parece ligera, sincera.

—Lo es.

Me quedo mirándola, y de repente noto algo que antes no había visto. Detrás de toda esa confianza, de esa sonrisa que parece tenerlo todo bajo control, hay cansancio. No físico, sino ese que se pega al alma cuando llevas demasiado tiempo sosteniendo un papel.

—Sabes… —empiezo despacio, sin planearlo—creo que la gente no ve eso de ti.

—¿El qué? —pregunta.

—Que te importa.

Ella parpadea, confundida.

—¿Qué me importa qué?

—Todo —digo, encogiéndome de hombros—. Te importa lo que

sienten los demás, cómo te ven, cómo mantener todo perfecto… hasta cuando parece que no te importa nada. Y creo que nadie lo nota, porque eres demasiado buena en hacer que todo parezca fácil.

Clémence se queda en silencio. Sus dedos parecen temblar, y sus ojos verdes, por primera vez, no tiene esa chispa traviesa.

—Nunca nadie me lo había dicho así —murmura.

—Bueno… supongo que yo no espero que seas perfecta —respondo.

Clémence se queda callada, como si el mundo se hubiera detenido por un segundo. La luz del DJ rebota en sus ojos, y por primera vez noto que hay humedad en ellos, como si algo profundo acabara de moverse por dentro. Sus labios tiemblan apenas, y entonces sonríe, pero no con su encanto habitual; esta vez parece frágil, casi agradecida.

—Gracias, Jay.

—¿Por qué?

—Por no esperar nada de mí.

Nos quedamos en silencio, solo el ruido de la música y conversaciones llenando el espacio entre nosotros. Me doy cuenta de que hay más en Clémence de lo que cualquiera ve. Y, por un segundo, siento el impulso de decir algo más, de consolarla.

Es ahí cuando ella se inclina hacia mí. No hay picardía esta vez, no hay juego; solo un intento torpe de aferrarse a la conexión que acaba de encontrar. Sus labios rozan los míos y mi cuerpo se tensa. No hay magia, no hay chispa, solo un eco de lo que ella busca y yo no puedo darle.

La imagen es bonita, pero está vacía. Y lo sé con certeza porque, aunque quiero ser amable, no quiero esto. No la quiero a ella. Mi pecho se aprieta y mi cuerpo se queda rígido, como si mi cerebro no pudiera procesarlo de inmediato. No respondo, no me muevo. No siento nada más que el peso de lo que está pasando y lo rápido que necesito detenerlo. Me aparto casi de golpe, el corazón latiendo con fuerza.

—Clémence, yo… no puedo.

Ella se echa atrás de inmediato, levantando las manos como si retrocediera de un fuego. Sus ojos se abren un poco, y por primera vez no veo coquetería, solo sorpresa mezclada con vergüenza.

—Lo siento, Jay —dice rápido, con un hilo de voz—. No quería incomodarte.

Su disculpa me pesa en el pecho. No quiero herirla; sé que su gesto vino de un lugar vulnerable, no de malicia.

—No te preocupes, está bien. —le respondo

Ella asiente, pero se queda mirando su bebida, como si el mundo hubiera encogido al sorbeto en su vaso. Y en ese instante, me doy cuenta de lo lejos que estoy de esta mesa. Mi mente ya no está aquí; está con Felicity.

Cierro los ojos un segundo. El beso no fue malo, pero tampoco fue correcto. Mi mente, mi cuerpo… nada reaccionó como debería. No hubo ese cosquilleo en el pecho que he sentido en otros momentos, con ella. Su risa que aligera. Su forma de mirarme cuando cree que no la veo. Lo fácil que es estar con ella, hablarle, confiarle cosas que no le diría a nadie más. La sensación extraña en mi pecho cuando se aleja. Mi respiración se vuelve más lenta. ¿Es eso lo que estaba pasando? ¿Es por eso por lo que este beso me supo a nada?

Antes de poder descifrarlo, levanto la mirada. Y ahí está. Felicity regresa a la mesa. Mi ansiedad vuelve a formarse y me pregunto ¿Lo vio? ¿Entró justo ahora? ¿Se dio cuenta? Cuando Felicity llega a la mesa, mi primer instinto es buscar su mirada. Espero algo, una reacción, un gesto, cualquier señal de que si vio lo que pasó. Pero no me da nada.

—¿Nos vamos ya? —Felicity pregunta, su voz tan ligera que casi no suena a una pregunta. Sus dedos chocan sobre la mesa, pero su mirada nunca se cruza con la mía.

Mis músculos se tensan. Hay algo raro en su voz, demasiado ligero, demasiado despreocupado. Sus ojos recorren la mesa, Clémence a un lado, los demás terminando sus bebidas, pero nunca me mira. Es como si yo no estuviera ahí. Afirmó lentamente, sin apartar la mirada de ella. ¿Vio el beso? ¿Le importa? No lo sé, pero lo que sí sé es que algo cambió. Hay una barrera ahora, una distancia que antes no estaba. Y lo peor es que no tengo idea de cómo cruzarla.

Felicity camina delante del grupo, marcando distancia sin decir una sola palabra. No se ha volteado ni una vez. Mi pecho se siente pesado, como si algo dentro de mí estuviera tratando de alcanzarla, pero mis pies no se mueven. Quiero decir algo, llamarla, hacer que me mire, que me vea, pero sé que, aunque lo hiciera, su expresión seguiría igual de neutral. Igual de fría.

—Perdón si hice algo raro —murmura Clémence a mi lado. Su voz es baja, y la sonrisa que acompaña sus palabras no le llega a los ojos.

No respondo enseguida. Todavía siento su beso como un eco sin emoción, un gesto que me dejó vacío.

—No quería incomodarte —continúa—. Solo pensé que... tal vez... tú también querías.

Me paso una mano por el cuello, sintiendo el peso de la noche sobre mis hombros.

—Tranquila, no estoy enojado por eso—respondo al fin, mi voz es más baja de lo que esperaba.

Ella asiente, con un suspiro que parece más alivio que certeza.

—Entonces... ¿problemas con Felicity? —pregunta, y su tono ahora es cuidadoso, casi tímido.

Algo en su voz me hace mirarla. ¿También lo notó?

—No hay problemas con Felicity —digo, pero el peso en mi pecho me delata.

Clémence ladea la cabeza y sonríe con melancolía.

—Si tú lo dices… —murmura, y vuelve la vista al frente.

Observo la espalda de Felicity mientras seguía caminando adelante, como si estuviera en otro mundo, uno donde yo ya no existo. Y no soporto la sensación. Algo se forma dentro de mí, como una verdad que siempre ha estado ahí, pero que nunca quise enfrentar. No es solo que me gusta. Es que la extraño cuando no está. Es que su risa es como estar en casa. Es que verla dolida me duele a mí. Es que no quiero un solo día sin ella. Y lo peor es que puede que ya sea tarde… que la puerta se haya cerrado antes de que tuviera el valor de cruzarla.

CAPÍTULO DOCE

Jay

El agua me envuelve, cada movimiento se siente más ligero mientras sigo nadando. Brazada tras brazada, la presión en los hombros, el cantazo de la fatiga en los brazos, pero no paro. El agua me aguanta y, a la vez, me empuja a seguir. Levanto la cabeza, jalo aire hondo y me sumerjo otra vez. Pero mi mente no está aquí. No desde aquella noche. Desde entonces, Felicity ha estado... rara. Yo estoy seguro de que ella vio lo que Clémence hizo y esperaba una reacción, pero está actuando como si nada ocurrió. Tanto sus mensajes como su comportamiento me hacen cuestionar su intención.

Salgo de la piscina y tomo la toalla para secarme. Felicity está saliendo a la misma vez y cruzamos caminos.

—Hola, Jay, ¿cómo estás? —me dice en un tono casual

—Todo bien —le respondo, analizando cada gesto que hace.

No demuestra nada de emoción, no hay tensión. Mis ojos me dicen que todo está bien. Sin embargo, mi alma me dice que algo está ocurriendo, aunque no tenga evidencia para sostenerlo. Ella prosigue a caminar a recoger su bulto y se marcha con un grupo de chicas. Honestamente, esperaba una mirada, enojo, algo que me diga que le importa lo que ocurrió. Todo lo contrario, no se ve afectada en lo absoluto, y no sé cómo sentirme sobre eso.

***

Caminando por la uni, el sol recorre mi piel. Mi mente está en una crisis, no en qué comer, sino debatiendo qué hacer con Felicity. Me digo que tal vez son ideas mías, que estoy exagerando… pero algo en su forma de hablar, más fría, más cortante, no me deja en paz.

Mis pasos resuenan en los pasillos y siento que no avanzo hacia ningún lugar en concreto. ¿La busco? ¿Le doy espacio? ¿Insisto o me resigno? Todo parece tan confuso, tan diferente a la naturalidad con la que empezó todo. Y sin darme cuenta, mis pies me llevan hasta la cafetería. El mismo lugar donde pasamos tiempo juntos por primera vez, riéndonos con facilidad como si nos conociéramos desde siempre.

La campanita sobre la puerta suena y el aroma a café y canela me recibe. Entonces la veo. Felicity está junto a la ventana, con la luz del sol abrazando su cabello como si fuera parte del paisaje. Su sonrisa es tranquila, natural… y frente a ella está Richard.

Me detengo, sintiendo un golpe en el pecho. Están riendose. Sobre la mesa hay papeles arrugados, fotos de carros y documentos que no alcanzo a leer, como si compartieran un mundo que no es mío. Richard se inclina hacia adelante, entusiasmado, y al pasarle algo, sus dedos rozan los de Felicity. Ella no se aparta. Se ve cómoda, como si todo le resultara familiar.

Mi estómago se hace un nudo. Intento convencerme de que no significa nada, que solo es una charla, pero la facilidad entre ellos duele más que cualquier gesto obvio.

En ese momento, Felicity levanta la vista y nuestros ojos se cruzan. Su sonrisa parece titubear, como si un hilo invisible se tensara entre nosotros. Siento el calor subirme al rostro. Antes de que ella diga algo, giro sobre mis pasos y salgo casi a tropezones. La campanita sobre la puerta suena fuerte, como si delatara todo lo que estoy sintiendo.

Afuera, el aire no despeja la imagen. Felicity riendo, inclinada hacia él. Camino sin rumbo fijo, reproduciendo la escena en mi mente. Cada gesto magnificado, cada sonrisa analizada. ¿Es por esto por lo que ha estado distante? ¿Siempre estuvo Richard allí?

—¡Woo! ¡Cuida'o! —una voz familiar grita.

Volviendo a mis sentidos, Vilma está frente a mí, con las manos en la cintura y una ceja alzada sospechosamente.

—Loco, ¿qué te pasa?

Abro la boca, pero no sale ninguna palabra. Solo la miro fijamente, con el corazón acelerado, aún atrapado en ese instante en la cafetería. ¿Por qué me duele esto? Trato de racionalizarlo, pero la imagen sigue ahí. Su mirada se queda fija en mí, tratando de resolver que me ocurre. No le puedo responder, solo aprieto la mandíbula y respiro. Como si eso me ayudara a borrar lo que acabo de ver.

—¿Felicity? —Vilma pregunta

Sin poder hablar, muevo mi cabeza, afirmando su pregunta.

—Ay, por favor, Jay. Estos días has estado como si estuvieras en una novela turca. ¿Qué pasó ahora?

—Richard. Está con Richard.

—¿Y? Pensé que tú y ella eran "solo amigos".

Su tono sarcástico me irrita más de lo que debería.

—Chica, tú sabes más que eso —le reclamo.

—A mi tú no me estés hablando así. Llevan como dos meses jangueando y no ha pasado nada. Entonces porque te enojas ahora.

—No es eso, Vilma —intento decir, pero mi voz suena áspera, sin convicción.

—Entonces, ¿qué es? —insiste, cruzando los brazos y mirándome como si estuviera tratando de resolver un rompecabezas.

Exhalo con frustración y me recuesto en una pared cercana. Sé que no va a soltarme hasta que le diga algo.

—Clémence me besó en la fiesta —suelto de golpe.

Vilma pestañeó, sorprendida.

—¡Eah! Eso no lo vi venir. Aunque… ¿Y eso qué tiene que ver?

—Felicity lo vio —murmuró, sin mirarla.

Vilma guarda silencio, analizando lo que acabo de decir.

—¿Y…?

Levanto la vista, esperando encontrar alguna señal de que ella esté entendiendo lo que digo, pero solo hay confusión.

—Desde esa noche, algo cambió. No sé cómo explicarlo, pero... algo anda mal. Sin embargo, ella ha estado actuando normalmente. Demasiado normal. Como si nada hubiera pasado.

Vilma se acerca a mi, mirándome con lástima y empatía.

—Jay, sabes que soy la primera emocionada que pase algo. Sin embargo, si es verdad lo que me dices, si ella sintiera algo por ti ¿no crees que habría reaccionado de otra manera?

Trago en seco. Vilma siempre ha sido una persona honesta y me dices las cosas como lo piensa.

—Tal vez… —murmuro.

—Tal vez simplemente no le gustas —dice, con una brutalidad que me golpea más fuerte de lo que debería.

Me quedo en silencio. No quiero aceptar lo que dice, pero la duda se queda en mi pecho como una bala. ¿Y si tiene razón? ¿Y si todo esto lo he creado en mi cabeza? ¿Y si para ella nunca hubo nada? Sin embargo, al mismo tiempo, algo dentro de mí se resiste a creerlo. No puede ser tan simple. No después de todo lo que hemos vivido. Aun así, la idea queda ahí, enredándose en mis pensamientos.

Mi mente empieza analizar cada interacción, como siempre hace, hasta que la conclusión llega como un choque. Con razón ha estado tan tranquila, tan normal. Mientras yo me desvelaba pensando en cada conversación, en cada mirada, en cada segundo que pasamos juntos, ella ya tiene a alguien más. La atención que Richard le prestaba cuando fuimos al Morro debió ser clara. Nunca estuvo interesada en mí. Nunca significó nada. Todo estaba en mi cabeza. Una presión insoportable llega a mi pecho, una mezcla de rabia y vergüenza que me quema desde adentro.

—Me tengo que ir —le digo a Vilma

Sus ojos me dicen que está preocupada por mí.

—Jay, no dejes que esto te afecte, sabes qué ocurre cuando te pones así.

Le hago un gesto de afirmación, tratando de cortar la conversación y solo llegar a casa. Intento aferrarme a lo que Vilma dice, convencerme de que tiene razón, pero mi mente ya está cayendo en el mismo vacío de siempre. Ese lugar al que regreso cada vez que alguien más me deja claro que nunca soy la persona a la que aman. Que nunca me ven de esa manera.

Caminando hacia casa, el calor del día se siente más fuerte de lo normal, cada gota de sudor cae más fuerte que el anterior. Mi pecho sigue pesado, como si alguien estuviera apretando mi corazón con fuerza, y mis pensamientos van a mil por hora, enredándose en sí mismos, cada uno peor que el anterior.

No puedo sacarme la imagen de la cabeza. La forma en que su cuerpo estaba relajado con su toque. La forma en que él la acariciaba con confianza. Su sonrisa, esa misma risa que tantas veces pensé que me decía algo. Me pongo a pensar, quizás me lo imaginé todo. Todas esas miradas, esos momentos como el desayuno, el Viejo San Juan, el piano, la playa ¿fueron solo en mi cabeza? ¿Y si solo estaba siendo amable? ¿Y si solo le gusta vacilar y compartir con todo el mundo así? ¿Fui tan estúpido como para creer que significaba algo?

Vilma me llama justo cuando la angustia va a consumirme.

—Jay, me quedé preocupada por cómo te fuiste. Háblame.

Suspiro profundamente, intentando ordenar mis pensamientos antes de responder.

—Es que no sé qué decir. No puedo sacar lo que vi de la cabeza.

—¿Te ha escrito Felicity después de eso?

—Nada —le respondo, sintiendo cómo se me aprieta el pecho—. Ni un mensaje, ni siquiera un emoji. Es como si no le importara en lo absoluto. Ni siquiera reaccionó cuando vio a Clémence besarme. No mostró incomodidad, molestia… nada.

Vilma suspira suavemente, tratando de consolarme.

—Feli es así, Jay. Libre, sin ataduras.

—Exactamente —digo con un tono resignado—. Creo que solo fui una distracción para ella. Ni siquiera sé cuándo dejé de enfocarme en mis cosas. Todo empezó a girar alrededor de Felicity, cada mensaje suyo, cada oportunidad de verla... Y ahora me siento estúpido por haber creído que significaba algo más.

Vilma continúa, intentando calmar mi ansiedad.

—Es normal sentirse así. Pero al menos ahora lo sabes, ¿no? Mejor darte cuenta ahora que seguir engañándote.

—Supongo —respondo casi en un susurro—, aunque duele igual. Solo quisiera dejar de revisar el teléfono esperando algo que no va a llegar.

La conversación termina en silencio, ambos entendiendo que no hay más que decir. Guardó el teléfono con una sensación de derrota, intentando aceptar que Felicity no está pensando en mí, aunque yo no pueda dejar de pensar en ella. Mi mano recorre mi rostro, tratando de sacarme todos los recuerdos de la cabeza. Me lo imaginé todo, nunca hubo nada, pero si no hubo nada, ¿por qué duele tanto? Vuelvo a mirar el teléfono una última vez. Nada. Cero mensajes. Cero señales de que ella piensa en mí. Exhalo lentamente, apago la pantalla y lo guardo. No porque realmente me importe menos, sino porque no quiero seguir engañándome.

CAPÍTULO TRECE

Jay

El sonido de los monitores, el corre y corre de los enfermeros, las órdenes rápidas de los doctores crean un ruido blanco que me mantiene a flote. El hospital es un caos controlado. Aquí nadie te deja detenerte; si lo intentas, alguien inmediatamente te manda a hacer algo. Me aferro a eso para no enfrentar lo que realmente siento.

Apretando la carpeta del paciente sin verla realmente, trato de ignorar todo. Para Felicity fui algo pasajero, nada importante. El pecho me pesa y el estómago está vacío, pero nadie a mi alrededor se da cuenta. No me sorprende, siempre ha sido así. Me obligo a mantenerme en movimiento, a enfocarme en el trabajo.

Debería estar acostumbrado; este dolor no es nuevo. Siempre he sido el que escucha, el que aconseja, pero nunca el que extrañan. Recuerdo rostros y situaciones del pasado que refuerzan esa sensación de rechazo.

Frases como "no entiendo por qué estás soltero" sólo empeoran la herida. Continúo caminando, esquivando personas y pensamientos, enfocado en el trabajo, convencido de que es lo único para lo que realmente sirvo.

Entre mis pensamientos, recibo una notificación para pasar a la oficina de la profesora y supervisora de enfermería. La Profesora Torres tiene un carácter fuerte y te regaña por cada detalle, pero tiene un comportamiento maternal con todos los del internado. Camino hacia la oficina, la puerta está abierta y la profe señala que entre y cierre la puerta. Es pequeña, con paredes blancas decoradas con diplomas enmarcados y carteles informativos sobre procedimientos hospitalarios. Un escritorio sencillo ocupa la mayor parte del espacio, lleno de expedientes y papeles organizados en pilas cuidadosamente ordenadas. La profesora del internado espera a que tome asiento. Suelta el documento que está leyendo y comienza a hablarme.

—Jay, estas últimas dos semanas te he visto un poco ido. Desafortunadamente, lo estoy viendo en el comportamiento con pacientes y en tus trabajos.

Miro hacia abajo, esas palabras me golpean más fuerte de lo que esperaba.

—Entiendo, me disculpo —respondo sin levantar la mirada.

—Mira, no te voy a regañar —su tono es firme, pero sin dureza—. Siempre has sido un estudiante responsable, atento. Los pacientes te adoran. Pero algo está pasando contigo, y quiero entender qué es.

Trago hondo. Quisiera decirle que estoy bien, que solo es el cansancio, que no pasa nada. Pero sé que eso sería mentira.

—No sé. Tengo muchas cosas en la cabeza.

La profesora se cruza de brazos y me estudia por unos segundos.

—¿Cosas como qué?

Me paso una mano por el cuello. ¿Por dónde empiezo? ¿Cómo explico que es todo? La carrera, Felicity, la sensación de que no sé si estoy donde debo estar.

—Siento que… no sé si esto es para mí —admito, bajito.

Ella se inclina un poco hacia adelante.

—¿Te refieres a la enfermería?

—No solo eso… —exhalo, sintiendo el peso en el pecho—. Mi vida en general.

Decirlo en voz alta se siente raro.

La profesora asiente, como si no estuviera sorprendida.

—Jay, ¿tienes dudas de si esta es tu vocación?

Mi pecho se aprieta. No quiero responder, porque hacerlo es admitirlo.

—A veces estoy seguro de que esto es lo mío. Pero hay días en los que… siento que hay algo más. Como si estuviera ignorando algo importante.

Ella no dice nada de inmediato, solo asiente lentamente.

—Jay, tener dudas es normal. Lo que no puedes hacer es ignorarlas hasta que te ahoguen. Si hay algo que te está afectando, tienes que enfrentarlo.

—No quiero rendirme —digo, más para mí que para ella.

—Jay, rendirse es cuando sabes la respuesta y decides ignorar. Pero tú ni siquiera has hecho la pregunta correcta aún.

—¿Y cómo se supone que la encuentre?

—Haciendo algo. Cualquier cosa. Pero dejando de esperar que la respuesta llegue sola.

Me quedo callado. Porque en el fondo, sé que esto no es solo sobre la carrera. También es sobre Felicity.

—Gracias, Profe.

Me levanto para irme, pero ella me detiene con una última frase:

—No te quedes solo pensándolo, Jay. Haz algo.

Afirmo y salgo de la oficina sintiendo que me arrancaron el aire de los pulmones. Las palabras de la profesora Torres siguen rebotando en mi mente. No es la primera persona que lo dice, pero oírlo de alguien fuera de mi círculo cercano me deja más expuesto. Más vulnerable. Camino sin rumbo fijo, sin realmente procesar hacia dónde voy. Todo se siente borroso, como si estuviera en piloto automático.

Cuando salgo del edificio, el calor de la tarde me golpea de lleno. Respiro hondo y saco el teléfono del bolsillo por inercia. La pantalla se ilumina con una avalancha de notificaciones.

17 mensajes sin leer.

He ignorado a todos. Mami, preguntándome cómo estoy, papi enviando un meme de policías que seguro piensa que es gracioso. Mensajes del internado avisando cambios en el horario. Un par de textos en el chat de la iglesia. Y entre todos, el más reciente es el de Vilma.

—Jay, tienes que salir de ese hoyo. Ven el sábado pa'l apartamento, te hace falta distraerte un poco. No acepto un no como respuesta. —me escribe.

Miro el mensaje y casi lo ignoro. Casi dejo que se pierda entre las otras notificaciones, entre los mensajes sin leer de mi madre, entre los recordatorios de cosas que ya no me importan. Exhalo y cierro los ojos por un momento, sintiendo el peso de todo. La posibilidad de ver a Felicity en el apartamento me deja un sabor amargo en la boca, como si fuera algo que quisiera evitar a toda costa, pero inevitablemente sé que no podré. Me esfuerzo en escribir la respuesta, aunque una parte de mí no quiere. Aunque sé que salir este fin de semana no va a cambiar nada. Aunque sé que cuando la noche termine y vuelva a estar solo, el mismo vacío seguirá ahí.

Pero al menos, por unas horas, podré pretender que no está.

—Dale, nos vemos el sábado.

CAPÍTULO CATORCE

Jay

Estoy exhausto. No solo físicamente, el peso de estos días me arrastra con cada paso que doy hacia el apartamento de Vilma. Aún con la hermosura del naranja que decora el cielo, dentro de mí el peso se hunde a los pensamientos que no me dejan en paz. Toco la puerta, tratando de convencerme de que venir aquí fue una buena idea. Pensar en cualquier cosa que me saque de mi propia mente por un rato. Justo antes de abrirse la puerta, recuerdo las palabras de Vilma asegurándose que Felicity no estaría aquí esta noche, y me llega una mezcla extraña de alivio y culpa. Al menos no tendré que enfrentar mis emociones si la viera. La puerta se abre y la voz de Vilma me recibe con su energía habitual.

—¡Por fin, tipo! Pensé que te habías arrepentido.

Fuerzo una sonrisa mientras entro.

—Nah, estamos aquí.

Es mentira. La verdad es que pasé diez minutos en el carro, debatiendo si debería volver a casa. Porque lo último que necesito ahora es estar rodeado de gente, pretendiendo que estoy bien cuando todo en mi cabeza es un desastre. Pero Vilma no me deja opción, y tal vez eso es lo que necesito.

—Llegaste en el momento perfecto, vamos a empezar el juego de carta para conocernos

Vilma me empuja hacia dentro y hay un pequeño grupo de personas sentadas en el sofá, acomodándose para jugar. Fue un esfuerzo llegar aquí; ahora quiere que empiece a contestar preguntas personales. Sin embargo, Vilma me dirige al sofá y no voy a negarme a jugar. Solo voy a fluir con el juego y me concentro en lo importante.

El juego comienza y, durante los primeros quince minutos, se hacen preguntas sencillas, como cuál es tu color favorito o qué poder tendrías. Entre risas y respuestas inesperadas, he estado disfrutando el tiempo que paso aquí. He podido descansar mi mente, disfrutar de la compañía de otros y no pensar en Felicity, mis estudios, mi trabajo, todo lo que me había estado causando estrés. Sin embargo, este tiempo de paz se interrumpe de inmediato. Mientras Vilma responde a la pregunta "¿Qué persona famosa quieres conocer?", la puerta principal se abre y entra Felicity.

Un escalofrío recorre todo mi cuerpo y me resulta difícil regular mi respiración. Ella y yo conectamos nuestras miradas, y esos segundos se sintieron eternos. Solo existimos ella y yo, congelados en un momento que no sé si quiero o si temo. Sus ojos azules siguen teniendo el mismo efecto en mí, pero esta vez hay algo diferente. O tal vez, soy yo el que cambió. Me gustaría poder leer en su mirada lo que está pensando, pero todo lo que hay es una pared fría, una barrera que antes no estaba. Su rostro no muestra ningún tipo de emoción mientras nos miramos. Cuando nos desconectamos y ella comienza a mirar a los demás, exhibe una sonrisa que no me dirigió a mí. Vilma toma la iniciativa y rompe el silencio.

—Feli, siéntate para que juegues un rato.

Felicity, con su energía clásica, pone su bulto en una esquina y toma asiento. Toma una carta y comienza a jugar como si llevara todo este tiempo presente. El juego continuó y trato de mantener un nivel de normalidad y disimular la incomodidad del asunto. Pasan algunas rondas básicas, pero las preguntas comienzan a ser personales e íntimas. A veces miro a Felicity y ella continúa socializando con todo el mundo, aunque es obvio que no nos hemos mirado todo este tiempo. No sé si es ella o si yo estoy intencionalmente evitando tener que mirarla. Cada vez que la observo, un eco en mi pecho me recuerda todo lo que traté de enterrar. Los recuerdos vienen en golpes como su risa en la playa, la manera en que me miró cuando toqué el piano. Me esfuerzo en ignorarlos, en fingir que no me importan. Pero cada pregunta del juego es un golpe más. Cada carcajada de ella con los demás es un recordatorio de lo fácil que parece seguir adelante.

—Jay, te toca

Vilma empuja levemente mi hombro, saliendo de mi trance. Miro las cartas en la mesa y tomo una y la leo en voz alta.

—¿Alguna vez has sentido que algo o alguien se estaba perdiendo y no sabías cómo detenerlo?

La pregunta me golpea de lleno. Me deja desnudo frente a mis propios sentimientos, sin un lugar donde esconderme. Todo dentro de mí grita la respuesta, pero la bloqueo antes de que pueda salir. Mi pecho se aprieta, la garganta se seca. Todos esperan mi respuesta, pero hay solo una persona cuya reacción me importa. Y ella ni siquiera está mirándome.

—Bueno, así es la vida, ¿no? Las cosas y la gente van y vienen.

Evado la pregunta y por el rabo del ojo, Felicity está mirándome. Toma toda mi voluntad evitar mirarla, pero me resisto. Yo no voy a dejar que este peso entre nosotros me afecte. Siguen las preguntas entre las personas, aunque no estoy pendiente de sus respuestas hasta que llega Felicity. Ella toma la carta y comienza a leerla.

—¿Alguna vez te has arrepentido de no haber dicho algo cuando tuviste la oportunidad?

La pregunta la detiene un poco. Por un segundo, su sonrisa parece quebrarse, pero rápido se recupera. Me quedo mirándola, a ver si consigo alguna señal, algo que recupera la poca esperanza que tenía. Este será el momento de poder entender qué ocurre y qué está pasando. Felicity exhala lento, como si cada palabra pesara más de lo que quisiera admitir. Su sonrisa aparece, pero no es la misma. Hay una pequeña grieta en su expresión, algo apenas perceptible.

—Si no dices algo, tal vez nunca estuvo destinado a ser dicho.

Mi estómago se hunde con su respuesta, como si se me hubiera quitado toda la esperanza; es como recibir un golpe de la vida. El ambiente se siente tan abrumador que ya me preocupa que otros se den cuenta.

—Un momento, voy a buscar algo de tomar. —Felicity le dice al grupo.

Ella se levanta y camina hacia la cocina. Mi corazón todavía se siente duro, sus pocas palabras me recuerdan que las cosas que no se dicen pesan más que las que sí. El sabor amargo de sus palabras todavía las saboreo.

No entiendo por qué, pero soy incapaz de frenar mi impulso. Mientras el resto del grupo continúan el juego, silenciosamente, me levanto y me dirijo hacia la cocina. Mi corazón está con una mezcla de miedo y anticipación que recorre todo mi cuerpo. Me muevo antes de que mi mente pudiera detenerme, y al llegar, está en el fregadero, dándome la espalda mientras llena un vaso de agua.

Me apoyo contra la barra a su lado, cruzando los brazos sobre mi pecho, tratando de ignorar la presión en mi garganta.

—¿Eso es todo? —Mi voz rompe el silencio con una dureza que no espera, pero tampoco intento suavizar.

Ella sigue mirando el vaso.

—¿Qué?

—¿Vamos a estar actuando como si nada hubiera pasado?

Su agarre en el vaso se aprieta, pero sigue sin mirarme.

—Jay...

—No, en serio. Háblame claro. Porque a este nivel, ya ni sé si todo esto fue solo un malentendido de mi parte.

Finalmente, su cuerpo me enfrenta. Su mirada aun sin conectar con la mia. Su expresión es indescifrable, una muralla que no me deja ver más allá de lo que quiere mostrarme.

—No es tan simple...

—Sí lo es, Felicity. O sentiste algo... o no.

El silencio entre nosotros es insoportable, un vacío que se expande con cada segundo que pasa. Felicity sigue sin decir nada, pero su mirada se levanta y se por fin cruza con la mía. Por un instante, hay algo en sus ojos, algo que parece estar debatiéndose dentro de ella.

Doy un paso adelante, acortando la distancia entre nosotros. Mi respiración está más pesada, cada paso que tomo requiere el doble de esfuerzo. Estoy tan cerca que puedo ver la agitación en su pecho, el temblor en sus dedos aún aferrados al vaso.

—Dímelo, por favor—mi voz es más baja ahora, casi temblando—Si de verdad no significó nada, mírame y dilo.

Su mirada se queda fija en la mía. Su pecho sube y baja con una respiración más pesada, sus dedos aprietan el vaso con fuerza. Por un instante, en sus ojos hay duda... o miedo. Algo que no quiere mostrarme.

Espero, el pulso martillando en mis oídos, mi corazón aferrándose a la esperanza de que diga lo que quiero escuchar.

Pero entonces, pestañea. Sus labios se separan como si fuera a decir algo, pero no lo hace. En su lugar, desvía su mirada. Una acción sutil, mínima. Sin embargo, se siente como una puñalada directa al pecho. Mi garganta se cierra y mi mandíbula se tensa. Es todo lo que necesito saber. Ella no siente lo mismo. Todo lo que compartimos, todas esas miradas, todas esas risas, todas esas veces en las que pensé que había algo más... nada de eso fue real.

Cierro los ojos, evitando que las lágrimas expongan la realidad. Mi voz se siente áspera y se escucha más baja, casi como si las palabras me costaran.

—Perdón, estaba equivocado.

Felicity abre la boca, su voz suave, casi desesperada.

—Jay, no es…

—No te preocupes —la interrumpo, con una sonrisa que no llega a los ojos. —Pensé algo que no era cierto, eso es todo. Me confundí.

Felicity se queda inmóvil. No dice nada, pero la forma en que sus ojos se abren apenas. Abre la boca otra vez, y por un momento parece que va a decir algo, que va a romper ese silencio. Pero no lo hace. Algo dentro de ella la frena. Y eso me rompe más que cualquier respuesta.

—Woo, todo bien por allá. —Vilma grita desde el otro cuarto.

El aire en la habitación cambia al instante. Ambos damos un paso atrás, como si el contacto visual fuera demasiado. Como si habernos acercado tanto nos hubiera gastado toda la energía que había entre nosotros.

Regresamos a la sala, todo sigue como si nada. Están jugando, las risas llenan el espacio, y Vilma está en medio de contar alguna historia exagerada que tiene a todos entretenidos. Y Felicity… Felicity actúa como si nada hubiera pasado. Como si la conversación de hace unos minutos no existiera.

Como si la tensión entre nosotros, la cercanía, la manera en que casi… nada. Sonríe, hace un comentario casual y se ríe de algo que dice alguien. No hay rastro de la intensidad que había en sus ojos. Como si ese momento no significaba nada.

Es aquí donde todo me golpea a la vez. Nunca sintió lo mismo, fui bruto por pensar que esto era diferente. En fin, no importa cuánto lo intente, nunca voy a ser suficiente para alguien como ella. La poca energía que me queda no da para fingir que estoy bien. No quiero seguir aquí cuando algo dentro de mí se siente como si se estuviera rompiendo.

—Me tengo que ir —murmuró, buscando cualquier excusa.

Ni siquiera sé si alguien me escucha, pero Vilma se da cuenta cuando me levanto.

—¿Tan temprano? Pero todavía falta…

—Nos vemos después —corto sin mirarla, sintiendo su confusión mientras me alejo.

Salgo antes de que alguien más pueda detenerme. Afuera, el aire es frío, pero no me ayuda a respirar mejor. Sigo escuchando su silencio, esa ausencia de palabras que pesa más que cualquier respuesta. Nunca fui nada para ella y si lo fui, no fue suficiente.

CAPÍTULO QUINCE

Jay

Caminaba sin rumbo por la Avenida, arrastrando los pies sobre la acera rota, como si hasta el piso se resistiera a dejarme avanzar. El aire frío de la noche se colaba por mi jacket, pegándose a mi piel, pero ni eso lograba sacarme de la neblina en la que tenía la mente. Los postes de luz resplandecían de vez en cuando, proyectando sombras largas y torcidas que se movían con cada paso. Todo estaba demasiado callado. Se sentía raro porque no se escuchaban los carros acelerando en la distancia, ni las risas de estudiantes saliendo de algún jangueo, ni la música explotando desde una bocina random. Solo el eco de mis pasos y el vacío en mi pecho me recuerda que, una vez más, no fui suficiente. Que nunca lo soy. Su pausa, la forma en que desvió la mirada, lo mucho que no dijo. Debí haberlo sabido, nunca debí creer que había algo más.

Hundí las manos en los bolsillos, no con coraje esta vez, sino con un vacío que pesaba más. Quizás fui ingenuo al creer que esta vez sería distinto, que alguien me escogería a mí primero. Pero nunca soy esa persona; siempre soy quien siente más, el que permanece cuando todos se van.

En mis pensamientos, no me percaté de donde estaba. Al frente mío me encuentro el rótulo iluminado, como si algo me hubiera dirigido a este lugar. La cruz con la llama afirma donde estoy, las armonías distantes que resonaban hasta el estacionamiento me dan ganas de desplomarme en donde estoy ubicado. En este momento, llaman mi nombre desde la puerta de la esquina de la iglesia. Cuando miro, el Pastor David me hace un gesto para que entre a su oficina. Una parte de mí quiere irse, pero otra parte quiere desahogarse y sacar todo en mi alma. Llego hacia la oficina y tomo asiento.

La oficina está en silencio, excepto por el zumbido distante del abanico en el techo. El aroma del café del Pastor David flota en el aire, mezclados con el olor a libros antiguos y sillas de cuero gastadas. El Pastor no habla, solo espera por mí. Dejo salir un suspiro profundo, pasándome una mano por la cara mientras el peso de todo lo que llevo dentro presiona contra mi pecho, pesado y sofocante. Todo lo que he estado evitando decir en voz alta como la frustración, la confusión, la sensación de que, no importa cuánto dé, cuánto espere… nunca soy suficiente.

—Pensé que ella… no sé. Pensé que había algo. —Las palabras saben amargas, pesadas en mi lengua —Pero cuando finalmente le dije lo que sentía, ella simplemente desvió la mirada.

Trago duro, mi garganta se siente apretada. Ese momento se repite una y otra vez en mi cabeza. Un destello de algo en sus ojos, pero luego nada. Solo una mirada vacía.

—No sé por qué pensé que esta vez sería diferente. Debería haberlo sabido. Cada vez que me permito creer que tal vez alguien podría sentir lo mismo por mí, termino exactamente en el mismo lugar.

Una risa sin humor sale, sostengo con fuerza la cadena que siempre me brinda consuelo, pero esta vez no me ayuda. Odio lo vulnerable que estoy siendo.

—Ya debería estar acostumbrado, ¿no? Primeros amores que nunca me miraron dos veces. Amigas que nunca me vieron como más que... el amigo Jay. ¿Y ahora Felicity?

Exhalo con fuerza, sintiendo cómo la angustia en mi pecho se retuerce aún más.

—Lo peor es que ni siquiera somos nada... y, aun así, hay algo en ella que me desarma. Cuando habla, es como si abriera puertas que ni sabía que existían en mí. Cuando me escucha, siento que el mundo se queda en silencio y, por un instante, no soy invisible. Y su forma de ser... Dios, hace que quiera hacer cosas que nunca pensé atreverme.

Me quedo callado, tragando duro.

—Si todo esto fue solo en mi cabeza, ¿cómo se supone que sigo como si nada?

Mi voz se quiebra ligeramente al final, y aprieto los labios, obligándome a contener cada emoción. He sacado todo lo que tenía dentro como mis sentimientos, mi frustración, mi confusión. Yo no esperaba respuesta, pero lo que recibo es una pregunta que me toma completamente por sorpresa.

—¿Y realmente escuchaste lo que ella dijo? ¿O solo escuchaste lo que tus miedos te dijeron?

Estrecho las cejas y levanto la vista. Mi pecho se tensa.

—Pastor, con todo respeto, ¿de qué habla?

Regreso al momento con Felicity en mi cabeza. El silencio, la manera en que apartó la mirada, la barrera invisible que levantó entre nosotros.

—No dijo nada, Pastor. —Mi voz es seca, casi resentida. —

Simplemente se quedó callada.

El Pastor David no responde de inmediato. En su lugar, entrelaza las manos y me mira con esa calma que a veces irrita, pero que en momentos como este parece saber algo que yo no.

—Exactamente. No todo silencio significa rechazo. A veces, el silencio es miedo.

Mi corazón da un vuelco. ¿Miedo? No. No puede ser eso. Si tuviera miedo, lo habría dicho. Me habría dado una señal, algo. Pero entonces lo recuerdo. La forma en que desvió la mirada demasiado rápido. La manera en que sus dedos se aferraban al vaso, como si intentara contener algo dentro de ella. De repente, la verdad no se siente como una posibilidad, se siente como un golpe directo al pecho.

—Algunas personas no rechazan el amor porque no lo quieren, Jay. Lo rechazan porque no saben cómo aceptarlo. —el Pastor continúa explicándome.

Paso mis manos por mi pelo, sintiendo mi respiración agitada. La he estado viendo con la perspectiva equivocada, asumiendo que su silencio significaba que yo no le importaba. Pero si de verdad es miedo lo que la detiene... ¿Voy a dejarla ir sin luchar? Levanto la cabeza y miro al Pastor.

—¿Entonces qué hago? —preguntó en voz baja. Pero esta vez, no es una pregunta llena de frustración o derrota.

El Pastor David me observa por un momento, se recuesta en su silla.

—Papito, eso te toca a ti, Jay. Pero si de verdad la quieres, no puedes esperar que ella te entregue su corazón así de fácil. Tienes que demostrarle que ella puede confiar en ti.

Las palabras me caen pesadas. Me enderezo un poco, sintiendo algo moverse dentro de mí. He pasado tanto tiempo esperando. He esperado claridad, dirección, que el amor simplemente llegue, sin tener que mover un dedo. Esperando que todo se acomodara sin arriesgarme. Sin embargo, la vida no funciona así. Todo ha sido mi indecisión, mi miedo a meterse de lleno en algo incierto. Y no era solo con Felicity, era en todo lo que hacía. Nunca me atrevía a dar el paso, esperando una señal que lo hiciera sentir seguro.

—¿Y si meto la pata?

El Pastor David suelta una risa baja, meneando la cabeza.

—Pues la metiste—me dice, alzando la voz —Pero por lo menos sabrás que lo intentaste, que le metiste esfuerzo. Y eso ya es más de lo que la mayoría hace.

Mis dedos aprietan mi rodilla. Felicity no es algo que pueda esperar a que se resuelva solo. No puedo dejar que la vida decida por mí.

—Entiendo —le digo

—Solo digo, el amor y la fe tienen algo en común. Los dos requieren que te lances sin miedo.

Esas palabras se sintieron como un balde de agua fría. Algo más que tengo que enfrentar.

—No podías evitar decir algo del llamado ¿Verdad? —digo sonriendo

El pastor se ríe y encoge sus hombros.

—Qué te puedo decir, sé que serías un excelente pastor.

Sus palabras combinan ansiedad y determinación. No sé qué haré en ese aspecto. Sin embargo, sé que tengo que hacer con Felicity. Me levanto y me acerco hacia él, recibiendo unos de sus clásicos abrazos que sanan hasta el dolor más fuerte.

—Gracias por todo, nos veremos pronto.

Salgo de la oficina y el aire se siente distinto. Más ligero. Como si algo que llevaba cargando por semanas finalmente se hubiera soltado, aunque no del todo. Por primera vez en mucho tiempo, no estoy perdiendo algo.

Estoy a punto de encontrarlo. Sacó el teléfono y su nombre brilla en la pantalla. Mis dedos flotan sobre el teclado. No sé qué diré, qué pasará, pero esta vez, no voy a dejar que mi miedo decida por mí.

CAPÍTULO DIECISÉIS

Felicity

Sentada en el escritorio, trato de terminar la tarea. Sin embargo, el lápiz se queda flotando en el papel, incapaz de redactar ni una sola palabra. Estos días han sido difíciles, pero esta noche fue peor. No puedo creer que me quedase callada. Trataba de que las palabras salieran, pero mi cuerpo y mente me lo impedían. Llevo diciendo lo mismo todas estas semanas. Me he dicho que es una infatuación pasajera, que solo es una amistad más. Sin embargo, cuando dijo que él estaba equivocado, sentí mi alma caer a mis pies. Todo en mí gritaba que lo detuviera, que le dijera que estaba mal.

Cierro los ojos, pero la imagen sigue ahí. La forma en que sus labios se apretaron, la manera en que el brillo de su mirada se volvió opaca, como si todo dentro de él se hubiera apagado en un instante. Y fui yo quien apagó esa luz.

No es que él se equivocara al pensar que yo no sentía nada. Es que yo lo dejé creerlo. Guardé silencio, me escondí detrás de mis miedos, y en ese vacío lo empujé a dudar de lo que era real. Y ahora, saber que herí al único con quien he sentido que puedo ser realmente yo misma. Alguien que quiero…

Mi cuerpo se congela al realizar lo que pensé. No es solo culpa lo que siento. Es algo que he intentado negar una y otra vez. Y cuando lo pienso, cuando lo dejo asomar siquiera un segundo, se vuelve imposible de callar. La palabra se repite en mi mente una y otra vez. Lo quiero, y ese simple hecho me asusta.

Tomo mi teléfono y hago una videollamada a Jack. Él siempre me ayuda a mantener mis pies en el suelo. Me contesta rápido y está en la panadería de mi papá, redecilla en su cabeza, un delantal blanco y sus manos llenas de harina por estar amasando el pan que venderán en ese día.

—¡Fifí! Son las cuatro de la mañana ¿Todo bien? —me dice, concentrado en la masa

—Son las once de la noche aquí —le respondo

—Entonces, cuéntame. Para que me llames a esta hora, tiene que ser algo serio. ¿Te mordió un tiburón o estás en una montaña perdida?

Mis nervios me están dominando, como si mi cuerpo no se atreve a decirle lo que siento a mi propio hermano. Mi garganta está seca, pero expulso las palabras con toda mi fuerza mental.

—Es que…me gusta alguien.

Jack deja de amasar abruptamente y mira a la cámara, una sorpresa.

—¿Qué tú dijiste?

No sé por qué lo dije. En el segundo en que las palabras salieron de mi boca, quise tomarlas de vuelta, fingir que nunca sentí nada, fingir que Jay era solo otra conexión pasajera. Sin embargo, ya era demasiado tarde porque Jack me había escuchado. Y ahora, no iba a soltar el tema.

Jack deja la masa a un lado y toma una toalla para limpiarse las manos y agarra el teléfono.

—Espera... ¿tú? ¿Sentimientos? —Su voz tenía ese tono medio burlón, medio serio que siempre usaba cuando pensaba que estaba bromeando —Fifí, ¿estás enferma?

—Jack, estoy hablando en serio. —digo gruñendo

—Yo también —respondió enseguida—. Porque la hermana que conozco era emocionalmente intocable.

Le lanzó una mirada de fastidio.

—Jack por favor, deja las bromas

Su risa, se cambia de una burla a una más empática. Camina y toma asiento en la oficina.

—Fifi, es bueno que encuentres a alguien, pero tu rostro me dice que no piensas igual. ¿Cuál es el problema?

—El problema... ¿por dónde empiezo?

Suelto un respiro fuerte, fijando la vista en la lámpara sobre mi escritorio, como si la luz pudiera darme las palabras que necesitaba.

—El problema es que yo no hago esto, Jack. No quiero dejar entrar a la gente. Y ahora siento... —mi voz se quebró, la frustración apretándome el pecho—. Siento que no lo puedo controlar.

Jack suaviza su expresión, pero se queda callado. El silencio me pone más nerviosa y sigo hablando.

—Estoy aterrada —admití antes de poder detenerme —Tengo un plan, un futuro. Vine aquí para enfocarme en mis metas, no para apegarme a alguien.

—¿Tienes miedo porque te gusta? —Jack me pregunta.

—Nó —solté de inmediato, pero luego suspiré —O sea, sí. Pero es más que eso.

Jack me observa con atención, se recuesta en la silla y cruza los brazos.

—¿Recuerdas cómo papá hablaba de su sueño? —le pregunto.

—¿Sí? —me responde.

—Quería ser un chef de pastelería, explorar el mundo y convertirse en uno de los mejores del mundo. Era talentoso y brillante Jack. Pero luego conoció a mamá. Lo dejó todo por ella, para construir una vida con ella.

Trato de contener las lágrimas al recordar de todo esto.

—Y mira dónde lo dejó eso.

Jack cierra sus ojos y suspira profundamente, afirmando que entiende completamente lo que dije. Ambos conocíamos la historia demasiado bien. Papá lo dejó todo por amor y, al final, mamá lo destrozó. Se fue, lo dejó con nada más que un corazón roto y una pequeña panadería que ni siquiera era su verdadero sueño. Cubro mi cara con mis manos. Tratando de contener mis emociones y calmar mi ansiedad.

—Recuerdo las noches en las que lo veía sentado en la mesa, con una taza de café fría entre las manos, mirando al vacío como si estuviera atrapado en otra realidad. Nunca lo decía en voz alta, pero sus ojos lo confesaban todo. El amor lo dejó sin nada y yo no voy a cometer el mismo error.

Jack continúa en silencio por un momento, dejando que las palabras se internalicen. Comienza a hablar, su voz escuchándole más suave.

—Felicity, papá no se arrepiente de nosotros.

—Ese no es el punto.

—¿No lo es? —me cuestiona —Nunca me dijo que deseara haber hecho las cosas de otra manera. Sí, lo que pasó con mamá le dolió, pero estás actuando como si el error hubiera sido amar. Y no lo fue.

Niego lo que dice con mi cabeza, sintiendo mi pulso acelerarse.

—No lo entiendes. No puedo permitir esto. Tengo que mantenerme enfocada. Mi futuro, mi trabajo, mi libertad no puedo cambiar todo eso por sentimientos.

—Entonces, ¿qué? ¿Vas a ignorarlo? ¿Fingir que no está pasando?

—Sí.

Mi respuesta salió demasiado rápido, demasiado cortante. Jack me mira por un largo momento, con una expresión difícil de leer. Luego, lentamente, me responde.

—Ok —me dice.

—¿Ok?

Su respuesta me desconcierta. Fruncí, como si su respuesta me molestara. Se encogió los hombros y se levantó de su asiento, tomando el teléfono.

—Si eso es lo que realmente quieres.

Algo en la forma en que lo dijo, tan tranquilo, tan poco convencido, me revolvió el estómago. Mientras acomodaba el teléfono y continuaba amasando, él me miraba, analizando cada movimiento mío y lo conocía lo suficiente como para notar los pensamientos corriendo en su mente.

—De verdad lo crees, ¿no? —por fin rompe el silencio, mientras continúa trabajando con la masa

—¿Creer qué? —le pregunto, mi sudor sintiéndose frio y mi respiración aguda.

—Que el amor arruina todo.

—No dije eso.

—No hacía falta —me responde, sacudiéndose la cabeza —Crees que, si te permites sentir algo real, vas a perder el control. Que tu futuro ya no será tuyo.

—No puedo hacer eso. No voy a hacer eso. —le digo, saboreando el salado de las lágrimas que involuntariamente recorren mis mejillas.

Jack permaneció en silencio un largo momento. Podía ver que quisiera estar físicamente aquí, pero no puede.

—¿No has considerado que el amor puede ayudarte a impulsar tus sueños en vez de alejarte de ellos?

—No es tan simple —niego

La expresión de Jack se suavizó.

—Tal vez no. Pero tal vez lo estás haciendo más difícil de lo que tiene que ser.

Abrí la boca para discutir, para insistir en que sabía cómo terminaban estas cosas, pero las palabras no salieron. Porque, en el fondo, una parte de mí se cuestionaba si tenía razón. Si mi miedo me está limitando a llegar a ser la persona que quiero ser.

Antes de poder escalar ese pensamiento, mi teléfono vibró y un mensaje me llegó. Mi corazón da un brinco cuando su nombre sale en la pantalla, Jay: *"¿Podemos hablar? ¿Te esperaré en la piscina?"*

El nudo en mi estómago se aprieta aún más. Es como si el universo no me dejará escapar. Como si, no importa cuánto corra, siempre me encontrará. Jack debió notar mi cambio de expresión porque se cruza de brazos, mirándome con una ceja levantada.

—Déjame adivinar… ¿es él?

Dudé un segundo en contestar y luego afirmé. Jack me observó con atención y luego sonrió con burla.

—¿Entonces qué harás, Fifí? ¿Seguirás dejando queel miedo te domine o por fin te abrirás?

No respondí. Porque la verdad es que no sé qué decir. No sé si estoy lista, no sé si alguna vez lo estaré.

CAPÍTULO DIECISIETE

Jay

La noche está callada, solo se escucha el murmullo de las bombas de la piscina y el canto del coquí. La luna se refleja en la piscina, creando un ambiente de paz en medio de los nervios que estoy sintiendo. Me apoyo en la baranda, el frío del metal se trepa en mis brazos, pero lo ignoro. Mi teléfono brilla en la oscuridad, y aunque sé que no hay nuevos mensajes, sigo revisándolo, deslizando la pantalla una y otra vez. Mis dedos juegan con la baranda. Mi pie se mueve sin control sobre el suelo de cemento. Cada minuto que pasa se siente más largo. Cada sombra en la entrada me hace contener la respiración, esperando verla aparecer, pero nada. Solo el agua tranquila de la piscina y el eco de mis pensamientos.

El olor del cloro me recuerda a cuando la vi por primera vez, pero ahora parece cargada con todo lo que nunca dijimos. Cada reflejo en el agua me recuerda lo que fuimos, lo que pudimos ser, lo que aún no sé si seremos. Nuestra amistad está densa con preguntas sin respuesta, con emociones atrapadas entre el miedo y la esperanza. Llevo esperando una hora y mi confianza se está desapareciendo. Quizás esperarla fue un error, tal vez ya tomó su decisión y estoy esperando por algo que nunca llegará.

De momento, el sonido del metal del portón retumba por el olimpo, haciéndome brincar. Miro hacia la entrada y camina hacia mí. Continúa con la misma ropa que la vi en el juego. Su mirada está en el suelo y sus brazos están cruzados. Mis manos comienzan a sudar y mis pies a temblar mientras camino hacia ella. Felicity toma asiento en los bancos al frente de la piscina y yo hago lo mismo. Sentada, sus manos descansan entre sus rodillas, sus dedos se mueven levemente, como si quisiera alcanzar algo, pero no estuviese segura de si debería. No ha dicho nada desde que llegó y yo tampoco. Separo mis labios para hablar, pero ella habla primero.

—No debería estar aquí

Su voz es más baja de lo normal, indeciso.

—Entonces, ¿por qué viniste? —le pregunto

—No lo sé —Su respuesta es casi un susurro.

Una pequeña risa se me escapa antes de que pueda detenerla. Inhalo lentamente y giro mi cuerpo hacia ella, viendo como la luz de la luna dibuja sombras suaves en su rostro.

—Feli, toda mi vida fue una rutina. Todo era predecible y yo estaba bien con eso. Me convencí de que así tenía que ser: vivir tranquilo, sin esperar demasiado, sin arriesgarme. Y lo acepté… hasta que llegaste tú.

Fijo mi vista en el agua, recordando todo lo que ha pasado en tan solo meses.

—En el camino… no sé en qué momento pasó. No fue como un rayo que estalló de repente, ni algo que busqué. Simplemente, poco a poco, sin darme cuenta, empezaste a quedarte en mi mente. Y cuando abrí los ojos… ya eras parte de mí.

Respiro hondo, tratando de contener el nudo en mi garganta.

—No lo planeé, te prometo que no estabas en mis planes. Pero un día me di cuenta de que todo lo que hacía, todo lo que pensaba… de alguna manera me llevaba a ti. Y ahora esa es mi realidad. No importa cuánto intente negarlo, tengo que aceptar que me enamoré de ti.

La miro, con miedo de lo que vea en sus ojos, pero ya no puedo callar.

—Tal vez esté equivocado. Tal vez todo esto solo existe en mi cabeza. Pero no se siente así, Feli. Y no quiero dejarlo ir sin luchar.

Ella deja escapar un suspiro entrecortado, como si mis palabras la golpearon demasiado fuerte. Como si no estuviera lista para escucharlas.

—Sé que tienes miedo, Felicity. Que sería mejor alejarse antes de que me acerque demasiado. Pero estoy aquí. Y no quiero perderte.

Su cabeza se gira bruscamente hacia mí, sus ojos ardiendo con lo que describiría como enojo, frustración, miedo. Quizás todo a la vez.

—¿Crees que esto es fácil? —Me dice, alzando su voz.

—No lo compliques, Feli. Si no sientes lo mismo, dímelo. Pero sí lo sientes, entonces dejemos de fingir.

—Te vi con Clémence.

El mundo se detiene por completo. Mis pensamientos se congelan, incapaz de encontrar palabras adecuadas ante la realidad que ella ha cargado en silencio todo este tiempo.

—Y me dolió. Tenia unos celos que jamas he sentido y odié esa sensación. La odié porque me asustó reconocer cuánto me importas.

Pasa su mano por los ojos llenos de lágrimas, negándose a dejar caer. Su voz se corrompe, pero encuentra la fuerza para seguir.

—Y no los culpo, no éramos nada… no somos nada. Pero no puedo aceptar que alguien tenga el poder de lastimarme así.

—Perdón, Feli. Quisiera que eso no hubiera ocurrido, pero te aseguro que ese beso no significó nada. —Susurro con sinceridad, esperando que mis palabras le lleguen. —No sentí nada porque no eras tú.

Vuelve a mirar al suelo, sus dedos aferrándose al banco con tanta fuerza que parece que podría romperlo. Lo tenso que está su cuerpo, como si cada músculo tratara de contener lo que el corazón no se atreve a soltar. Quiero decirle algo, encontrar las palabras que le aseguren que estoy aquí, que no voy a ninguna parte. Pero esas palabras no existen en este momento, lo que sí existe es mi promesa. Mis dedos se mueven hacia su mano y la recuesto. Su piel es cálida contra la mía, el fuerte agarre que tiene en el borde del banco, como si controlara todo lo que siente. Su respiración es temblorosa, sus dudas todavía pesan en el aire. Su mano comienza a moverse y mi mente espera que se aleje, pero no lo hace. Continúa rotando hasta que sus dedos se entrelazan con los míos.

—No sé cómo hacer esto. —Me responde, su voz quebrantada.

—Entonces déjame demostrártelo.

Ella mira nuestras manos, nuestros dedos se entrelazan. Por un segundo, creo que va a apartarse, pero no lo hace. En cambio, exhala temblorosamente y aprieta más mi mano

—No puedo perderme así. He visto lo que pasa, he visto cómo lo dan todo por alguien, solo para quedarse con nada cuando ese alguien se va.

Sus dedos aprietan los míos ahora, como si tuviera miedo de que desaparezca, como si necesitara algo a lo que aferrarse.

Mi corazón se aprieta, no de dolor, sino de comprensión. Se estaba protegiendo a sí misma y no me imagino el dolor que ha tenido que pasar. Levanto nuestras manos unidas, acariciando suavemente sus nudillos.

—Amarme no te quitará nada, Feli. No quiero cambiar tu vida, solo quiero ser parte de ella.

Un silencio vuelve a dominar el espacio. Un silencio que se estira demasiado, tenso. La respiración de Felicity es inestable, sube y baja en oleadas cortas y afiladas. Todo se desvanece en la nada y se reduce solo ella y yo. Felicity alza su mirada y se conecta con la mía. Sus ojos hinchados y aguados, evidenciando sus emociones. Su garganta se mueve con un trago seco, y su mirada titubea. Puedo ver la guerra dentro de sus ojos, su batalla interna entre resistir o dejar ir. Por un segundo, creo que se alejará. Que huirá otra vez, que me dirá que no puede, que encontrará una última excusa para volver a levantar las murallas que ha perfeccionado toda su vida. Sin embargo, se acerca. Su mano la descansa en mi pecho, rozando mi cadena como si el mismo consuelo que me da pudiera transferirse a ella. El espacio entre nosotros colapsa, poco a poco hasta que ya no hay más distancia. Solo sus labios chocando con los míos, cada gramo de represión hecho pedazos.

Saboreo el sabor salado de su piel, donde el aire nocturno aún se aferra a sus labios. Un suspiro callado y tembloroso se escapa de sus labios contra los míos, como si acabara de darse cuenta de que ya no hay vuelta atrás. El leve roce de su nariz contra mi piel, el escalofrío que me recorre la espalda cuando sus dedos suben tímidos hasta mi cuello. Es como si cada fibra de su cuerpo estuviera descubriendo lo que significa entregarse. Y yo solo quiero que esté segura. En sus labios siento la duda. La incertidumbre en la forma en que se presiona contra mí, como si aún estuviera aprendiendo a permitirse esto. Sus manous suben, tímidas pero ansiosas, las yemas de sus dedos rozando los lados de mi mandíbula, pálidas y temblorosas. Aún intenta convencerse de que esto no es un error. Pero entonces, lentamente se relaja contra mí, su cuerpo se funde con el mío. Está eligiendo esto, me está eligiendo a mí.

Luego de algunos segundos que se sintieron eternos, nuestros labios se separan. Su frente queda apoyada contra la mía. Nuestra respiración aún batallando para mantener control. Al separarme, sus labios ligeramente hinchados, y sus dedos aún permanecen contra mi piel, como si tuviera miedo de soltarme. Y sus ojos… Dios, sus ojos. Amplios, buscándome, como si aún estuviera procesando lo que acaba de suceder, como si intentara descifrar si acaba de cruzar una línea. No quiero, no voy a alejarme. En cambio, dejo que mi mano permanezca sobre su rostro, mi pulgar rozando el borde de su mejilla, siguiendo el calor que nuestro beso dejó atrás.

—Aquí estoy —le digo.

Sus labios se curvan. Una risa suave escapa de ella.

—¿Y ahora qué? —me pregunta.

Una brisa cruza la piscina, el aire nocturno es fresco contra mi piel, pero lo único que me importa es ella.

—No sé. Pero lo que venga, lo resolveremos.

Felicity deja escapar un suspiro silencioso, pero no es un suspiro de miedo, sino de aceptación. Los dos nos quedamos ahí un rato, ella recostada en mi hombro, dejando que el momento dure lo que tenga que durar. Reconocemos que el peso del pasado, de todo lo que temíamos, no desaparece. Sin embargo, ya no se siente tan abrumador.

CAPÍTULO DIECIOCHO

Jay

La brisa fresca de la tarde golpea mi rostro mientras camino hacia el hospedaje de Felicity, tengo una sonrisa tonta pegada a mi cara desde que salí de casa. Este último mes, las calles que antes parecían comunes ahora brillaban con una luz nueva, cada detalle llamando mi atención como si lo estuviera viendo por primera vez.

Al pasar por la pequeña cafetería cerca de la universidad, recordé la mañana en que Felicity accidentalmente derramó café sobre mis notas. Su cara llena de culpa y sus disculpas apresuradas luego se convirtieron en una risa compartida y una promesa de que me compraría café por el resto del semestre.

El dibujo de una playa en la pared del departamento de arte revivió la imagen de ella corriendo hacia el agua, descalza y riendo, con el viento despeinando su pelo. Recordaba claramente cómo la seguí, mis pies hundiéndose en la arena fría, atrapándola justo antes de que llegara a las olas, sus brazos rodeando mi cuello, su risa mezclados con el sonido del mar.

Pasé frente al Olimpo, el lugar donde nos conocimos y tuvimos nuestro primer beso, sintiendo el calor subir por mis cachetes al recordar cómo ella se atrevió a besarme dentro de la piscina en medio de la clase. Mis ojos sorprendidos y su risa suave mientra continuó nadando, era ahora mi recuerdo favorito.

A medida que avanzaba hacia su casa, una sensación cálida se extendía por mi pecho. No me imaginaba que la felicidad se sintiera así. La emoción de recordar momentos simples pero perfectos, sabiendo que estaba a punto de crear muchos más. Subo las escaleras con rapidez, contando los segundos para verla de nuevo, consciente de que no había lugar en el mundo donde preferiría estar. Cada paso hacia su puerta era una mezcla de ansiedad y emoción. Apreté el bulto sobre mi hombro y alargué la mano hacia la puerta, sintiendo una pequeña descarga de anticipación justo antes de tocar. No terminé de bajar la mano cuando la puerta se abrió de golpe, y Felicity ya estaba en mis brazos.

Su risa mezclados con la mía mientras colgaba en mí, envolviendo sus brazos firmemente alrededor de mi cuello. Sus labios rápidamente encontraron los míos, cálidos y acogedores, borrando cualquier otro pensamiento.

—Alguien está feliz de verme —murmuré entre besos.

—Quizás un poco —dijo ella, sus ojos brillando.

Entramos a la casa, cerrando la puerta suavemente con mi pie mientras Felicity seguía abrazada en mí, riendo con la cara escondida en mi cuello. Me quito el bulto para no romper nuestro contacto, dejándola caer al suelo con un ruido sordo. Con pasos lentos y torpes, ambos todavía riendo, me dirijo al sofá, sujetándola firmemente para que no se caiga. Finalmente, la dejó caer suavemente sobre las almohadas, observando cómo su cabello se extiende alrededor de su rostro, sus ojos brillando con alegría. Ella estira sus brazos hacia mí, invitándome a unirme, y sin resistirme ni un segundo, caigo a su lado, riendo mientras nuestros cuerpos se acomodan entre cojines y risas.

Pasando las horas, estamos rodeados por libros y apuntes esparcidos en la mesa del café. El silencio era cómodo, interrumpido solo por el sonido ocasional de pasar las páginas y los suspiros frustrados de Felicity cada vez que subrayaba algo importante.

—Pichea a esto, Vamos a ver una película—le propongo, dejando a un lado mi libreta.

—Jay, deberíamos estudiar más. ¿Tú no tienes unos exámenes pendientes?

—Sí, pero es que no le tengo ganas a leer hoy. —le respondo

—No te he visto estudiando y no estás pendiente de tus cosas últimamente —me dijo, alzando una ceja con seriedad.

—Prometo compensarlo —insistí con una sonrisa suplicante.

Ella suspiró dramáticamente, rodando sus ojos con su sonrisa.

—Está bien, pero solo una película.

Felicity se acercó más a mí mientras empezaba la película, su cabeza reposando contra mi hombro. Mi mano encontró naturalmente su pelo, jugando suavemente con los mechones mientras sentía su respiración relajarse poco a poco. Con cada minuto, ella se pegaba más, sus brazos rodeándome con suavidad. Al principio de este semestre, mi vida era incierta, cargada de dudas sobre quién era y hacia dónde iba. Pero ahora, con Felicity, cada día era claro y lleno de significado. Las clases parecían más fáciles, las mañanas menos pesadas. Su presencia transformaba hasta los detalles más simples en momentos que quería atesorar para siempre. Levanta su mirada y sus ojos están lleno de amor, algo que jamás esperaba ver dirigidas hacia mi.

—¿Todo bien? —preguntó con una sonrisa tierna.

—Perfecto —Respondo sinceramente

Media hora después, noto que su respiración se había vuelto lenta y profunda. Bajo la mirada para descubrirla dormida contra mí, sus facciones completamente tranquilas. Una oleada de ternura me atravesó al verla así, tan en paz y confiada en mis brazos.

Con cuidado, me levanto del sofá, acomodando mis brazos de manera para no despertarla. La muevo despacio hacia su cuarto, depositándola delicadamente en su cama. Cubriéndola en sus sábanas, me detengo por un instante, observándola dormir con una sonrisa, maravillada por lo mucho que había cambiado mi vida. Agradecido por cada segundo juntos, sabiendo que esto era justo lo que había deseado toda mi vida. Me despido con un beso en la frente y cierro la puerta de su cuarto para que continúe descansando.

Recogiendo el desorden de libros y apuntes que Felicity y yo habíamos dejado esparcidos por la sala, escucho unas llaves girando en la cerradura. Alzando la vista, Vilma entra, cargando su bolsa y lanzándome una sonrisa al verme.

—Oye, voy a tener que empezar a cobrarte la renta. Ya casi vives aquí.

—Literal, te los envío por ATH Móvil.

Los dos nos reímos, pero sus ojos parecen presentar una preocupación mientras se sentaba en el sofá

—Tipo, me han dicho que no has ido mucho a las clases últimamente. ¿Qué está pasando? —me pregunta

—Lo sé, es solo que he estado pasando mucho tiempo con Feli. Sabes cómo es. —le contesto, tratando de evitar un discurso.

—Loco te entiendo, estás enamora'o y me alegra verte feliz. Pero también recuerdo lo emocionado que estabas en terminar tus estudios, tus responsabilidades en la iglesia.

Saca el teléfono y me enseña una promoción de la iglesia.

—¿Recuerdas que tenías la feria con el grupo de niños mañana?

Una puñalada logra respetarse en mi pecho, recordando de golpe el compromiso que había olvidado por completo. Mi sonrisa flaquea, reemplazada por una pequeña preocupación.

—Acho, lo había pasado por alto totalmente. Gracias por recordármelo —le digo con sinceridad,

No puedo evitar el conflicto en mi interior, entre mis responsabilidades de antes y el tiempo que ahora deseaba compartir con Felicity. Vilma se levanta del sofá, dándome un cantazo leve en mi hombro.

—Mantén un balance, ¿sí? No quiero verte perder otras cosas.

Le devuelvo una sonrisa, afirmando mientras ella camina hacia su cuarto. El silencio volvió a llenar la sala, pero ahora parecía más pesado, cargado con las palabras que acababa de escuchar. Me siento en el sofá, pasando una mano por la cara, tratando de disipar el peso de las palabras de Vilma. No era la primera vez que alguien me hacía notar mi ausencia. No había pasado tiempo con mis compañeros del internado. No recordaba la última vez que había respondido los mensajes del grupo de la iglesia. Y ahora, ni siquiera había recordado la feria. ¿Desde cuándo todo lo demás dejó de importarme tanto?

Mis responsabilidades en la iglesia, mis estudios, las cosas que antes definían mi vida, se habían desvanecido en un segundo plano. Sabía que tenía que encontrar un balance, pero en ese momento, la idea parecía distante y abstracta. Mis pensamientos se desvanecieron lentamente, llevándome nuevamente a Felicity, a sus risas, a la manera en que su mano encajaba perfectamente con la mía, y cómo su presencia hacía que todo lo demás pareciera menos urgente.

Mirando hacia el pasillo donde descansaba, recuerdo sus rostros mientras la cargaba hasta su habitación. La sonrisa que apareció en mi rostro al pensar en ella era inevitable y sincera. Me recosté en el sofá, cerrando los ojos por un instante. Sí, sabía que había cosas por resolver, responsabilidades que atender, pero ahora mismo, prefería concentrarme en esto, en ella, en la felicidad que sentía cuando estábamos juntos. Todo lo demás podía esperar, al menos por este día.

CAPÍTULO DIECINUEVE

Jay

El sol de la tarde baña todo con un cálido resplandor dorado, y la risa llena el aire como una melodía. Dondequiera que miro, la gente comparte, los niños corren libremente entre las estaciones de juegos, sus risas resonando alegremente por los terrenos de la iglesia. El aroma del algodón, del popcorn y del tres leches de la hermana Lucy se mezcla con el ambiente de la feria anual de la iglesia.

Estoy en un pequeño escenario montado en el borde de la feria. La última hora he estado cantando y enseñando a un grupo de niños que no se han movido de aquí, con los ojos bien abiertos y bailando sin parar. Sus rostros se iluminan cuando toco el piano, mis dedos rozando suavemente las teclas, preparado para descansar un poco.

—Bueno, terminamos aquí. Gracias por estar, chicos.

Algunos comienzan a aplaudir, otros todavía saltan emocionados, cuando una voz clara se eleva por encima de todos.

—¡Jay, una más! —grita Lyanne, una niña de apenas ocho años, con las manos en la boca como si así pudiera asegurarse de que yo la escuchara.

El grupo entero se ríe y la sigue animando. Yo me quedo quieto, sorprendido, viendo esos ojos brillantes que me suplican con una ilusión que no sé si puedo rechazar.

—Está bien, pero si la canto, necesito que me acompañen.

Un coro de gritos entusiastas estalla por el lugar. Comienzo a tocar suavemente, las notas fluyendo sin esfuerzo, mezcladas a la perfección con los alegres cánticos de los niños

—¡Canten conmigo! *No hay Dios tan grande como tú...*

—*¡No lo hay, no lo hay!* —responden los niños con energía.

Nos unimos a cantar uno de mis coritos favoritos, uno que me recuerda los tiempos en que me quedaba en casa de mis abuelos. En cuestión de minutos, todos, desde los padres hasta los niños y los líderes, se unen en esta alabanza.

—*No hay Dios que pueda hacer las obras, como las que haces tú* —entonamos juntos, mientras los niños comienzan a levantarse para danzar.

—*No es con espada, ni con ejércitos, más con su Santo Espíritu* —seguimos cantando, sintiendo la presencia de algo más grande que nosotros.

Mi cuerpo comienza a moverse, disfrutando de estos momentos que llenan mi alma. Mis dedos aún presionaba las teclas cuando mi mirada se alzó y la vi. El mundo pareció detenerse por un instante. Entre el ruido, la música y las risas, ahí estaba ella. Felicity.

—*Y esos montes se moverán y esos montes se moverán, con su Santo Espíritu*— vocalizamos al unísono, dejando que el calor y la energía de una alabanza boricua nos envuelvan.

Cuando terminó las últimas notas de la canción, los aplausos llenaron el aire. Ver a Felicity me causa un calor que inunda mi pecho, una oleada inesperada de felicidad. Noto que Vilma está cerca, atrapando mi mirada con una sonrisa cómplice y levantando el pulgar en un gesto de aprobación. Mis labios se curvan en una sonrisa y mi corazón se acelera.

—Bueno chicos, sigan disfrutando de las actividades.

Bajo del escenario, con el corazón aún latiendo con fuerza por la emoción de haber tocado, y me dirijo de inmediato hacia Felicity y Vilma. Vilma me ve primero y empuja a Felicity juguetonamente.

—¡Veinte de diez! —dice Vilma con una sonrisa amplia

Vilma me mira a mí y a Felicity alternativamente

—Muy bonito y todo, pero le tengo ganas a una piragua así que los dejo.

Con una sonrisa traviesa, se aleja, dejándonos solos. Felicity sacude la cabeza levemente, sus ojos brillan con diversión. Se me acerca y se pone a jugar con la cruz de mi cadena.

—Estuviste increíble allá arriba. Te veías en tu elemento —Felicity me dice

—Honestamente, cuando estoy predicando o cantando en la iglesia, me siento cómodo. Aunque me sentía más motivado viéndote desde allá arriba.

Los cachetes de Felicity se ponen rojos, y su sonrisa se suaviza con ternura.

—Dale, vamos a caminar un rato

Caminamos sin prisa, su mano entrelazada con la mía, sus dedos encajando perfectamente como si hubieran estado destinados a encontrarse. De vez en cuando, aprieto su mano suavemente, asegurándome de que sigue aquí y no es un sueño. En un gesto que me deja sin aliento, inclina su cabeza sobre mi hombro, su cabello rozando mi brazo con una suavidad que me hace olvidar todo lo que nos rodea.

De repente, ella levanta la cabeza y señala con una sonrisa desafiante hacia una estación de juegos.

—¡Vamos a jugar, así poder ganarte!

—¿Tú crees que me puedes ganar? Te vas a arrepentir, Feli.

Nos acercamos al juego, tirar los aros y que caigan en las botellas. Tomamos turnos, lanzando los aros con entusiasmo. Ella muerde su labio inferior con concentración, y aunque intenta mantener la compostura, no puede evitar soltar una carcajada cuando su aro rebota fuera de la botella. Trato de disimular mi concentración, pero cuando finalmente logro uno, alzo los brazos triunfante.

—¡Te lo dije! —le digo, actuando como si ganara la mundial

—Si aja, eso fue suerte —Felicity me responde, poniendo una mala cara que me causa risa.

El encargado de la estación me entrega un pequeño peluche blanco como premio. Sin pensarlo dos veces, lo colocó en sus manos.

—Toma, para que todas las noches recuerdes… quién ganó —digo, sonriendo.

Ella se ríe de mi comentario. Baja su mirada al peluche y, por un momento, su expresión se suaviza de una forma que me deja sin aliento.

—Aw, gracias —murmura, abrazándolo con delicadeza.

Luego, sin pensarlo dos veces, besa el peluche y, con una sonrisa traviesa, lo acerca a mis labios, fingiendo que me transmite el beso a través de él. Me río, sorprendido por su ocurrencia, y ella solo se encoge de hombros con esa expresión juguetona que hace que mi corazón se acelere.

Seguimos recorriendo la feria, deteniéndose en cada juego que nos llama la atención, riendo como niños mientras competimos en el tiro al blanco y en la pesca de patitos. A su lado, todo se siente fácil, natural, como si estuviéramos sincronizados en una armonía silenciosa. No hay prisas, no hay preocupaciones, solo la calidez de su presencia y la manera en que nuestras manos se buscan instintivamente, como si fueran imanes. Son estas pequeñas cosas, estos momentos espontáneos y llenos de su esencia, los que me hacen enamorarme más de ella. Mientras caminamos, Felicity me detiene, mirando a su alrededor.

—Jay, todo esto… la iglesia, la religión… Nunca ha sido una parte importante de mi vida.

—Entiendo, mucha gente piensa así —le aseguro.

Ella me sonríe, agradeciendo mi actitud.

—Te lo digo porque al verte, lo cómodo que estabas y ver cuán feliz te ves en este ambiente, despertó mi curiosidad.

Su comentario me tomó por sorpresa, ella sabe que esto es importante para mí, pero nunca hemos hablado de estos temas.

—¿En serio? —pregunto

—Sí. Por eso quería preguntarte ¿puedo ir contigo este domingo? Solo para ver cómo es.

Mi mente tardó un segundo en procesar sus palabras. ¿Me estaba preguntando si podía ir conmigo a la iglesia? Nunca pensé que escucharía eso de ella. Algo en mi pecho se encendió, una alegría genuina que no esperaba.

—Pues claro, Feli. Me encantaría que fueras conmigo. —le respondo, mi sonrisa se extendiéndose sin esfuerzo.

Sus ojos brillan, y la expresión de alivio en su rostro es evidente.

—Qué bueno. Normalmente soy yo quin te pone en situaciones fuera de tu comodidad, creo que es tiempo de salir de la mía. —me dice, su risa iluminando el lugar.

—Te prometo que lo vas a disfrutar.

Toma mis manos y las lleva a su rostro, sus ojos brillando con una dulzura que me desarma. La beso suavemente, y entre sonrisas, caigo en la realidad de que Felicity significa mucho más para mí de lo que jamás imaginé.

CAPÍTULO VEINTE

Jay

Sentado en uno de los bancos, mis dedos juegan con el cojín. Trato de evitar que mis pensamientos se salgan de control. He ido a los cultos de domingo toda mi vida, pero hoy se siente diferente. La idea de que Felicity venga para acá me pesa en mi pecho, una mezcla de anticipación e incertidumbre. Quiero que vea esta parte de mí, que la entienda. Por otro lado, me pregunto qué pensará. Si se sentirá fuera de lugar o si se arrepentirá de haber venido.

Mientras estoy en mi clásica crisis existencial, una mano se posa sobre mi hombro. Me giro y veo al Pastor David, su mirada firme como si me estuviera estudiando.

—Camina conmigo un momento —dice.

Al ponerme de pie, lanzo una mirada al púlpito y caigo en cuenta que se suponía que debía ayudar a colocar las sillas para el servicio de los niños.

El pastor David interfiere en mi camino y se detiene en una esquina lejos de la gente. Cruza los brazos y me observa por un segundo antes de soltar un suspiro.

—Jay, se te olvidó…

—Sí, lo sé. Disculpa Pastor —interrumpo, arrepentido.

—Papito, eso es lo de menos. Me preocupa que has estado diferente últimamente… muy distraído.

—Estamos aquí, pastor. Solo se me olvido, no volverá a pasar. —le respondo, cruzando mis brazos.

—No digo que estés ausente. He visto que has cambiado mucho, eres más confiado y atrevido, pero también veo cuánto espacio está ocupando Felicity en tu mundo.

Mis manos comenzaron a temblar y los dientes se me cortaron solos.

—Con todo respeto, Pastor, estoy feliz. ¿No se supone que eso es algo bueno?

—Claro, pero la felicidad fundamentada enteramente alrededor de otra persona puede ser peligrosa —su voz es calmada, firme—El amor debería apoyar tu camino, no reemplazarlo.

La frustración se me enreda en el pecho. Las palabras del pastor David ya no suenan como preocupación sino como juicio. Como si pensara que no sé lo que estoy haciendo. Estoy aquí, sigo viniendo, sigo sirviendo. ¿Por qué tiene que sentirse como que estoy haciendo algo mal? ¿Por qué parece que mi felicidad le preocupa más que otra cosa?

—No me estoy perdiendo —le digo entre dientes —se lo que estoy haciendo

—Creo que eso es lo que piensas —dice David—Solo no te pierdas a ti mismo tratando de aferrarte a algo más.

Aprieta mi hombro con un gesto tranquilizador antes de caminar de regreso hacia el altar. Me quedo allí un momento, tratando de alejar la irritación que tengo. Estoy bien, por fin estoy exactamente donde se supone que debo estar.

—¡Jay!

Me giro para ver quien me llama y es Felicity. Entra con pasos medidos y hay tantas palabras para describirla. No es que no siempre luzca increíble, porque lo hace, sin esfuerzo, pero hoy es diferente. Lleva un vestido sencillo, azul cielo, de tela ligera que se mueve suavemente con cada paso. No es demasiado formal ni demasiado casual, es perfecto. Con esa elegancia natural que parece natural en ella. Su cabello, usualmente suelto y rebelde por el viento, hoy está recogido en una trenza floja sobre un hombro, con algunos mechones sueltos enmarcando su rostro. Cuando llego a su lado, me ofreció una pequeña sonrisa, dejando un beso suave en mis labios.

—Hola amor, ¿Estás bien?

—Un poco nerviosa, pero estoy aquí —expresa, su sonrisa tímida.

—Ven, vamos a sentarnos.

Nos tomamos de la mano y nos acomodamos en un banco cerca del centro. La música comienza, suave al principio, luego creciendo a medida que la congregación se pone de pie para cantar. El equipo de adoración lidera con un himno familiar, las voces a nuestro alrededor uniéndose en algo poderoso y reconfortante. Cierro los ojos brevemente, dejando que la música se recueste en mi pecho, pero mi atención sigue desviándose. Con el rabo del ojo, Felicity está atenta, su expresión es indescifrable. No canta, solo mira, sus dedos golpeando suavemente su muslo en ritmo.

Intento enfocarme de nuevo, murmurando la letra de la siguiente canción, pero mis ojos vuelven a ella. Felicity me atrapa mirándola e inclina un poco la cabeza, una pequeña sonrisa formándose en las esquinas de sus labios. Le respondo con su sonrisa antes de volver mi atención a la adoración. Agarra uno de mis dedos con su mano y se queda mirando el altar. Un poco de paz corre por mi cuerpo y me dejo disfrutar el resto de la adoración.

Al culminar el servicio, el Pastor David llega al púlpito, con el lleva una bolsa de tela colgada en sus hombros

—En Mateo 6:14 Jesús dice que, si perdonan a otros sus ofensas, también los perdonará a ustedes su Padre celestial. Estas palabras nos recuerdan que el perdón no es solo una obligación, sino un camino hacia la libertad. A menudo creemos que aferrarse al resentimiento nos protege de volver a ser heridos, pero en realidad, solo profundiza nuestras heridas. Perdonar no significa olvidar o justificar el daño que nos han hecho; es elegir soltar el control del enojo y permitir que comience la sanación. —el pastor expresa, abriendo la bolsa de tela.

Las palabras del pastor captan la atención de todos. Temas que a muchos no les gusta tener, pero son necesarios. Me choca la expresión de Felicity. Sus ojos están directos al pastor, pero su rostro está tenso, casi como enojado. Mi preocupación empieza a aumentar. Me pregunto en qué está pensando, si se siente abrumada o si se está arrepintiendo de haber venido. El pastor comienza a sacar de la bolsa unas cadenas y las empieza a poner encima de sus hombros y alrededor de sus brazos.

—Imagina llevar cadenas pesadas de resentimiento y dolor. Estas cadenas nos agobian, dificultando avanzar y vivir plenamente. Cada pieza representa una herida sin sanar, un rencor que nos negamos a soltar. Pero cuando perdonamos, rompemos esas cadenas, liberándonos para experimentar paz y sanidad.

El pastor comienza a soltar las cadenas y tirarlas al piso, el sonido de ellas en la madera resuena en todo el santuario. Cuando el primer sonido retumbó en el suelo, el cuerpo de Feli tembló. Su respiración parecia ser más rápida, entrecortada. Sus dedos apretándose alrededor de los míos con una fuerza desesperada.

—El acto de perdonar no es una debilidad, sino un paso valiente hacia la liberación. Es al soltar cuando descubrimos nuestra fortaleza, y al elegir la gracia cuando encontramos la verdadera sanación.

Agarrado de manos de Felicity, comienza a apretarme, sus dedos fríos y temblorosos. Cada vez que el pastor suelta una cadena, ella brinca y se tensa más. No sé qué hacer en este momento, pero la acaricio para que sepa que estoy aquí.

—Si nos cuesta perdonar, debemos recordar que Dios nos perdona sin cesar. Él no nos juzga por nuestro pasado, sino que nos recibe con los brazos abiertos. El perdón nos permite avanzar, no cargados por el resentimiento, sino elevados por la gracia. Hoy, dejemos nuestras cargas y elijamos el camino del amor, confiando en que, al perdonar, también encontraremos libertad.

Mi mente era incapaz de concentrarse plenamente en las palabras del Pastor David. Mis pensamientos se desviaban continuamente hacia Felicity. La observaba cuidadosamente, buscando señales en su rostro, intentando descifrar cómo recibía cada palabra del sermón, cómo cada frase podría estar afectando. ¿Estaría entendiendo lo que escuchaba? ¿Estará cómoda, o está incómoda con todo esto? Las dudas en mi mente se mezclaban con mis propias inseguridades. ¿Quién era yo para traerla aquí, cuando ni siquiera estaba seguro de mí mismo ni del camino que debía tomar?

De pronto, sentí un leve toque en el hombro que me sacó de mi guerra interna. Alzo la mirada y uno de los ujieres se inclinó hacia mí.

—Jay, el Pastor David te está llamando.

Confundido, dirijo mi vista hacia el altar. Me asombra ver a varias personas reunidas allí, algunos inclinados en oración, otros visiblemente conmovidos. El Pastor David estaba al frente, con los ojos fijos en mí, haciéndome una señal para que me acercara.

Suelto la mano de Felicity, aun mi mente preocupada por ella. Mis piernas están pesadas e inseguras mientras camino hacia él. Cada paso estaba cargado con el peso de mis dudas y temores, tanto mías como las de Feli. Al llegar al altar, Pastor David se inclina rápidamente hacia mí.

—Papito, pasaron más personas de las que esperaba. Necesito tu ayuda. ¿Podrías orar por algunos de ellos, por favor?

Por un momento, no entiendo lo que me está pidiendo. Yo estoy lidiando con mis propios problemas y con una nueva relación; ¿cómo podría ayudar a otros cuando ni siquiera sabía si estaba dispuesto a seguir el camino de Dios esta noche? Sin embargo, al ver la sinceridad en la petición del Pastor y la vulnerabilidad emocional de quienes estaban en el altar, dejo mis sentimientos a un lado.

—Claro, no hay problema.

—Gracias, Jay.

Moviéndome entre las personas, me acerco con cuidado a quienes habían buscado refugio en el altar. Con cada oración que hacía, la confusión dentro de mí comenzaba a disiparse, reemplazada lentamente por una sensación silenciosa de paz. Estar en estos momentos tan vulnerables con mis hermanos y hermanas, confiando en mí para guiarlos durante este proceso, despertaba algo genuino y tierno en lo más profundo de mi ser.

Al colocar mi mano suavemente sobre el hombro de una persona, sentí un leve temblor, un eco de mis propios miedos. Mi voz se volvió más baja, más cálida, mientras llevaba palabras de consuelo y esperanza que fluían con inesperada naturalidad. Otra persona extendió su mano, estrechando la mía con fuerza mientras oraba; su fortaleza y confianza me consolaban tanto como mi oración los consolaba a ellos.

Mis oraciones se convirtieron en conversaciones sinceras, no solo con quienes tenía delante, sino también con Dios. Cada palabra llevaba consigo un pequeño fragmento de mi propio corazón. Tras cada oración, los abrazos cálidos y los susurros de gratitud comenzaron a disolver mis dudas, llenándome de una paz inesperada y profunda.

La última persona a la que me acerqué estaba visiblemente agobiada, lágrimas corriendo por su rostro. Sin dudarlo, la abracé en silencio mientras lloraba abiertamente en mis brazos. A medida de que sus sollozos se tranquilizaban, levantó la mirada hacia mí y, mientras me despedía, susurró:

—Gracias, Pastor.

¿Había escuchado bien? La pregunta me perseguía mientras regresaba hacia el banco después de haber orado por las personas en el altar. La palabra que había escuchado, "Pastor", volvió a resonar en mí, provocando un escalofrío y una duda repentina. ¿Realmente era una señal, un llamado directo hacia mí en este momento? Mi corazón latía erráticamente mientras me cuestionaba si esta pudiera ser la respuesta que había estado esperando y temiendo al mismo tiempo. El aliento quedó atrapado en mi garganta, el mareo comenzaba a invadirme mientras luchaba internamente. ¿Realmente podría considerar ese camino ahora mismo? ¿O solo había sido un comentario accidental, pronunciado en la emoción del momento?

Al volver a los bancos, mis pensamientos cambian abruptamente al ver a Felicity. Había notado su inquietud durante todo el servicio, con una tensión palpable en sus hombros y una sombra inusual en sus ojos. Ahora, al observar de nuevo, percibí claramente una vulnerabilidad que antes sólo había intuido. Felicity permanecía en silencio, su mirada perdida en algún punto entre la cruz en el altar y el suelo. Me acerqué lentamente, preocupado por su estado, y coloqué suavemente mi mano sobre la suya, permitiendo que sintiera mi presencia sin necesidad de palabras. El silencio se extendió entre nosotros, pero no la presioné; simplemente esperé, atento y paciente.

—Vamos a la playa —le dije suavemente.

Ella parpadeó, como si regresara de un lugar lejano, y me miró sorprendida. Por un instante, percibí una lucha interna reflejada claramente en sus ojos.

—Me gusta esa idea —respondió finalmente, su voz suave y sutil, revelando una leve sonrisa.

Sin soltar su mano, la guió fuera del templo. Dejamos atrás el murmullo de la gente y caminamos hacia la playa. Sé que allí, en el lugar que más ama, con la arena en sus pies y el fresco de la brisa, quizás pueda encontrar las palabras que su corazón necesita decir.

Felicity

Las olas chocan en la orilla con un ritmo tranquilo. El cielo se extiende amplio, abierto, sin alterarse por el peso que aprieta mi pecho. Hundo los dedos de los pies en la arena fresca, dejando que se deslice entre ellos, pero no hace nada por anclarme. Jay está a mi lado, en silencio, esperando. No presiona, no indaga, solo está ahí. Y de alguna manera, su presencia ayuda, pero el hablar se me hace difícil.

El sonido de las cadenas todavía retumba en mi mente, sacudiendo cosas que creí haber enterrado lo suficientemente profundo como para no volver a encontrar. El perdón, esa idea se siente como un idioma extraño, algo que se decía con certeza, como si fuera una decisión tan fácil como respirar. El perdón nunca fue algo que me permitiera considerar. Fue algo que lucho para nunca dar.

Rodeo mis piernas con los brazos, fijando la mirada en el horizonte.

—Lo que dijo el pastor… —Mi voz sale más baja de lo que esperaba —no sé qué decir.

Jay se mueve más cerca de mí, sus manos acariciando mi brazo, pero aun así sigue en silencio.

—Hace tiempo no he hablado con mi madre—mi voz se entrecorta. —es que no la puedo perdonar.

Jay espera, su silencio es paciente, su presencia firme, dándome la valentía de seguir.

—Mi papá la amaba… la amaba de verdad. Y ella … —Batallo con las palabras, perdiendo el hilo de lo que decía —Tenía el teléfono de mi mama y vi los mensajes que tenía con alguien más y…

Mis lagrimas salen como una represa rota. Trato de hablar, pero no encuentro las palabras. He querido esconderlo y olvidarlo, pero hoy algo me lo impide. Sus manos se recuestan en mi cabeza, pegándome a su pecho. Sus brazos me brindan una seguridad y un refugio que nunca he sentido en mi vida. Su respiración me obliga a emparejar la mía y permitir sacar lo que llevo guardado.

—Tenía trece años. Lo descubrí antes que mi papá. Y lo guardé durante meses porque no sabía qué hacer.

Me separé de Jay un momento, agarrados de manos todavía.

—Cuando mi papá lo descubrió, todo se rompió. Intentó hacer que funcionara, pero ella ya había decidido que quería más.

Suelto una risa corta, sin humor.

—Ella intentó justificarse. Decía que nos amaba y que nunca dejó de ser nuestra madre. Pero lo que no entiendo es ¿Cómo puedes amar a tu familia y aun así destruirla?

Trato de secar mis lágrimas, pero son reemplazadas con lágrimas nuevas

—Si la persona que se supone que te ame incondicionalmente puede hacer algo así, ¿Cómo el resto del mundo te tratara?

Después de un largo momento en silencio, Jay finalmente habla. Su voz es tranquila, grave, pero a la vez suave.

—Feli... Lo siento mucho. Por todo lo que has tenido que cargar, por cuánto te ha dolido—Hace una pausa, su mirada firme. —No te merecías eso, nadie lo merece.

Sus palabras caen sobre mí como una marea suave, filtrándose en lugares que no sabía que aún estaban abiertos. Una parte de mí quiere volver a retroceder, resistirse al consuelo, pero Jay... él no está intentando arreglar nada. Me giro, fijando la mirada hacia él. Por primera vez, considero cómo sería dejar que alguien comparta mi dolor. Sacando un mechón de mi cara con sus dedos, continúa hablando.

—Felicity, perdonar no se trata de justificar lo que esa persona hizo. Se trata de liberarte de esa carga que llevas contigo.

—No sé si puedo hacerlo. —le expreso, soltando un suspiro lento

—No tienes que hacerlo todo de una vez, Feli. Pero aferrarte a este dolor no te está protegiendo, solo te está lastimando más —me responde.

Me giro para mirarlo, buscando en su rostro alguna señal de que realmente lo entiende. Y lo hace, siempre lo hace. Extiende la mano hacia mí, sus dedos apenas rozando los míos.

—El perdón no es para ellos, es para ti. Para que puedas respirar sin que este peso te hunda.

No impone el contacto, solo deja la elección en mis manos. Como si me estuviera pidiendo que deje cargar mi peso conmigo. Dudo por un momento, pero finalmente tomé su mano, mis dedos entrelazándose con los suyos, dejó que Jay vea todo de mí.

—Creo que… tengo que hablar con ella.

Jay me sonríe, su pulgar dibujando círculos sobre mi mano. Lo alza y me besa mis nudillos.

—Sea lo que quieras hacer y pase lo que pase, estaré siempre aquí.

—Gracias, Jay

Miro nuestras manos entrelazadas, el calor de su toque firme. Él no solo me está ofreciendo consuelo, me está ofreciendo un lugar donde descansar, al que pertenecer. Por primera vez en mucho tiempo, estoy segura. Y quizás, con él, eso sea suficiente.

CAPÍTULO VEINTIUNO

Felicity

El teléfono descansa en mi mano, más pesado de lo que debería ser. La pantalla brilla ante mí, con el número de mi madre ya marcado, esperando. Mi pulgar flota sobre el botón para llamarla, pero no puedo presionarlo. Es como si todo mi cuerpo impide que logre tomar el paso. Sin embargo, las palabras del mensaje de ayer continúan retumbando en mi mente.

—No estás sola —Jay habla, con una voz cálida—. Estoy aquí.

Jay está a mi lado, en silencio y paciente. Le sonrío porque, aunque no ha dicho mucho desde que le conté que iba a hacer esto, no hace falta; su presencia es más que suficiente. Aprieto el teléfono con más fuerza. La idea de llamarla parece imposible, yo juraba que este puente jamás lo iba a cruzar. Pero tengo que hacerlo, porque si no lo hago ahora, nunca lo haré.

Tomo un respiro y presiono el botón antes de poder convencerme de lo contrario. El tono de llamada resuena en mi oído, cada timbre agarrándose como una eternidad. Mis dedos se aferran a la tela de mi pantalón, mis uñas presionando contra mi piel. La mano de Jay encuentra la mía, acoplándose justo cuando el timbre se detiene.

—¿Feli?, amor... Qué sorpresa.

Su voz es cuidadosa. Como si ya supiera que esta no es solo una llamada cualquiera. Como si también hubiera estado esperándola. La garganta se me cierra, las palabras atrapadas en algún lugar entre mis costillas. Miro a Jay; su mirada sigue fija en mí, sus dedos aún entrelazados con los míos. Aprieto su mano, solo una vez, antes de volver mi atención a la llamada.

—Hola, mami —digo. Mi voz suena más suave de lo que esperaba— Necesitamos hablar.

—Por supuesto, mi niña. Pero primero dime, ¿cómo has estado? ¿Cómo está Puerto Rico? ¿Estás comiendo bien? ¿Te estás cuidando?

—Estoy bien. Todo está bien —le respondo, mi voz fría.

Ella deja escapar un leve murmullo, como si estuviera decidiendo si creerme o no.

—Tu hermano me dice que has estado ocupada. ¿Estudiando mucho? ¿Conociendo gente nueva?

—Sí. La universidad va bien. El programa es difícil, pero me gusta.

A pesar de que no la veo, puedo imaginar su sonrisa a través del teléfono.

—Siempre supe que te iría bien, Felicity. Siempre has sido muy determinada.

Una parte de mí quiere dejar que esas palabras entren, pero otra parte de mí las mantiene a distancia. Sigue hablando, preguntando por el clima, por la comida, por cualquier cosa excepto lo que realmente está entre nosotras. Y por un momento, la dejo. Respondo con frases cortas y medidas, manteniendo mi voz neutral, educada. Siguiendo el juego. Pero con cada segundo que pasa, el peso en mi pecho se hace cada vez más pesado. El estómago se me aprieta. Está esquivando, nosotras dos lo estamos haciendo.

—Mami, ¿sabes de lo que quiero hablar?

El silencio al otro lado de la línea era insoportable. La escuchaba respirar, pausas largas entre cada palabra. Mi mano sudaba sobre el teléfono. Algo en su voz me irritaba, su suavidad, su calma; es como si todo estuviera bien. Como si nada hubiera pasado.

—Feli, amor… No tenemos que hablar de eso.

Un temblor recorrió mi espalda. Un rugido en mi pecho. Un sin número de palabras pelean para salir, hasta que lo logran.

—¿Entonces cuándo? ¿Cuándo es el momento adecuado? Porque he estado esperando durante años. Y no puedo —Mi voz se quiebra poco a poco —No podemos seguir hablando como si nada hubiera pasado. Como si tú no…

Las palabras se me atragantan, mis dedos se aferran más a las manos de Jay. Tomó un respiro tembloroso y me obligó a decirlo.

—Mami, tú lo destrozaste todo. Nuestra familia, a papi, a mí. Tú… —Mi voz batalla por seguir, la ira brotando demasiado rápido para controlarla—. Tú lo traicionaste y fuimos Jack y yo los que tuvimos que recoger los pedazos rotos.

Su respiración tiembla al otro lado del teléfono.

—Feli—me dice.

—¡No! —la interrumpo, mis palabras saliendo como veneno —¿Sabes cuánto te resentí? ¿Cuánto te odié por habernos dejado? Por hacerme sentir que lo que uno ama solo vendrán a destruirte. ¿Tienes idea de lo que eso me hizo?

Las palabras salen como cascada, todas las que me he tragado durante años. Cada pensamiento no dicho, cada momento en que me convencí de que no me importaba, cada vez que me dije a mí misma que estaba mejor sin ella. Sin embargo, al decirlas en voz alta, me doy cuenta de que sí me importaba, siempre me importó.

El silencio se extiende entre nosotras, denso y asfixiante. Por un segundo, creo que va a colgar. Sin embargo, hay una respiración larga y temblorosa.

—Lo sé —dice finalmente, su voz apenas un susurro—No sabes cuanto lo siento Feli.

Cierro los ojos y presionó los dedos contra mi frente. Una parte de mí quiere rechazar esas palabras, decirle que un "lo siento" no arregla nada. Las lágrimas se forman en mis ojos, pero trato de mantenerlas controladas

—Nunca quise lastimarte a tí, ni a Jack. Fui egoísta, me sentía atrapada y, en lugar de enfrentar mis problemas, salí corriendo. Tomé decisiones sin pensar en las consecuencias, sin pensar en cómo afectarían a las personas que más importaban.

Su voz se quebranta, y comienza a llorar.

—Me equivoqué, y por eso he tenido que vivir con mi culpa todos estos años.

No digo nada. No sé qué decir.

—No me he perdonado, Felicity. Hay días en los que aún me miro al espejo y no reconozco a la persona que fui. Y hay días en los que todavía me siento como esa persona, como si no mereciera seguir adelante.

Sus palabras se quedan en lo más profundo de mí, removiendo algo que no sé cómo nombrar. Porque, por primera vez, escuchó el peso que ella también ha estado cargando. No sé qué decir, no sé qué sentir.

—No sé si puedo perdonarte.

Las palabras salen antes de que pueda detenerlas, crudas y sin filtro. Mi voz es suave, pero el peso detrás de ella es demasiado fuerte para seguir cargando. Mi madre exhala, un sonido tan suave y, aun así, tan lleno de significado que lo siento presionando contra mis costillas.

—Entiendo, no tienes que hacerlo hoy. Pero si algún día puedes, yo estaré aquí.

Algo en mi pecho se aprieta, pero no es la misma sensación asfixiante que he llevado por años. Como si algo se estuviera desenredando, un nudo dentro de mí alejándose hilo por hilo. Cierro los ojos, puedo aferrarme a este dolor para siempre. Pero si lo hago, la única persona que sufrirá sería yo.

—Te llamaré más seguido, mami.

Inhalo profundamente, abro los ojos y dejo que el aire llene mis pulmones. El peso no ha desaparecido, pero se desplaza lo suficiente para permitirme respirar un poco más hondo.

—No hay problema, te amo, Feli—me respondió mami.

Cuelgo y me quedo mirando el teléfono. Mi pecho sube y baja de manera irregular, mi respiración es superficial, mi mente va a toda velocidad. Lo hice, hablé con ella. Dije las palabras que nunca pensé que diría. Pero en lugar de encontrar el cierre o el alivio que imaginé, lo que tengo es frustración. No la perdoné como pensé que lo haría, como quería hacerlo. ¿No debería sentirme más ligera? ¿No debería sentirme libre?

Las lágrimas brotan antes de que pudiera detenerlas. Mi respiración se vuelve errática, un sollozo atrapado en mi garganta. Dejé caer el teléfono al suelo, mis manos temblando incontrolablemente. Algo en mi pecho se desgarraba, abriéndose de una forma que dolía demasiado. Intenté respirar, pero cada una se sentía como un puñal. Intenté calmarme, pero mi cuerpo ya no respondía. Y entonces, sentí sus manos... unas manos firmes, calientes, reales.

No luché. No lo pensé. Me desplomé contra él, mis dedos aferrándose a su camisa como si fuera lo único que me mantenía de pie. Mi llanto no era bonito, ni silencioso. Era crudo, desordenado, desesperado.

—No pude hacerlo. Quería, pero no pude —digo entre llantos.

—Amor, el perdón es un proceso. Y acabas de dar el paso más difícil. —me dice, mientras acariciaba mi cabeza con sus manos.

—Entonces, ¿por qué no se siente suficiente? —le pregunto

—Porque sanar toma tiempo, pero hoy ya hiciste mucho. Dejaste parte del dolor que has estado cargando por años y estoy tan orgullosa de ti.

Sus palabras calman la tormenta, lo suficiente como para dejarme respirar. Suelto una risa temblorosa entre lágrimas.

—No sé qué haría sin ti.

Jay sonríe y presiona un beso en la cima de mi cabeza.

—Y no tienes que averiguarlo.

Exhalo lentamente, mi cuerpo finalmente se relaja en sus brazos. El peso no ha desaparecido, pero, se siente manejable. Se siente como algo que puedo llevar sin dejar que me aplaste.

Me separo ligeramente, lo justo para encontrar su mirada. Sus ojos son firmes, cálidos, hermosos, llenos de la comprensión que ya me ha sostenido tantas veces.

—Jay —susurro, mi voz aún inestable.

—¿Sí?

Trago con dificultad, mi corazón golpeando con fuerza. Sin embargo, por primera vez, no dejó que el miedo me detenga. Me permito sentirlo por completo, sin reservas. Y de la nada, digo las palabras que jamás pensaría decir...

—*Te amo.*

CAPÍTULO VEINTIDÓS

Jay

La tierra mojada se desliza bajo mis botas mientras avanzamos por la caminata de Mount Britton en el Yunque. El aire está lleno del aroma de hojas mojadas por la lluvia, y el canto de los pájaros corre a través de los árboles sobre nosotros. La luz del sol se filtra entre los árboles, proyectando trozos dorados sobre el camino. Este lugar se siente casi sagrado, como si la montaña misma respirara con nosotros. Un pedazo de cielo, por fin.

Felicity camina a mi lado, con pasos firmes y ágiles, como si conociera cada piedra del sendero. Lleva unas botas de montaña bien usadas, leggings negros y una chaqueta térmica color rojo que contrasta con su gorra beige y su bulto. Su pelo fluye con la brisa húmeda del yunque, y hay una serenidad en su rostro que me hace querer quedarme aquí para siempre. Yo, por mi parte, sigo intentando mantenerme a su ritmo. Ella me ayudó a escoger la ropa esta mañana, más bien me salvó. Me puso un jacket verde oscuro, unos pantalones cortos tipo cargo y las botas más baratas que conseguimos en Walmart. Ella no paraba de decir cuán lindo me veía, mientras yo solo esperaba no darme tremenda resbala.

Hay una calma en ella que contrasta la culpa que llevo escondiendo un rato. Sin embargo, este lugar me obliga a despegar mi mente. Las exigencias de la vida, las expectativas, las dudas parecen quedarse en la entrada, aunque es inevitable pensar que cuando bajemos estarán ahí esperándome. Felicity se mueve como si todo eso no existiera, como si hubiera encontrado una manera de estar presente sin miedo. Estoy agradecido por este respiro, aunque sepa que tarde o temprano, tendré que enfrentar el peso de todo. Por ahora, solo quiero seguir como estoy y disfrutar de lo que Dios me ha regalado en Felicity.

—Te ves relajado—me comenta

—¿Sí?

—Si, hoy te ves más cómodo.

Tiene razón. Hay algo en estar rodeado por toda esta creación, la belleza, lo inmenso de todo.

—Creo que es hermoso estar rodeado de algo tan grande —le digo, señalando los árboles gigantes y el verde que se extiende en todas las direcciones —Me recuerda que soy parte de algo más grande que uno mismo.

Felicity dirige su cabeza hacia adelante y me apura con sus manos.

—Vamos, que estás lento. Ya casi llegamos.

Seguimos subiendo, la inclinación va haciéndose más grande a medida que nos acercamos a la cima. Mis piernas están como fuego, pero no me quejo. Cuando llegamos a la torre, la vista me dejó sin palabras. Frente a nosotros, hay kilómetros de bosque. El cielo está pintado de oro y rosa suave.

—Wow, esto es increíble —dice Felicity, admirando la vista.

No respondo de inmediato. En cambio, la observo. El viento sopla los mechones de su pelo, el asombro en sus ojos, su sonrisa que inyecta felicidad a cualquiera que lo vea. Me sorprende que estoy delante de uno de los paisajes más hermosos de Puerto Rico... del mundo y solo puedo concentrarme en ella.

—Es una locura, ¿verdad? Que algo pueda ser tan hermoso. —exclama Felicity

—Sí. Una locura. —respondo, mi mirada fijada en ella.

Ella se voltea y nota que la he estado mirando. Sus cachetes se forman en ondas rojizas, haciéndola más bella.

—Ayy, Jay —me susurra, envolviendo sus brazos en mi cuello y deleitándome con sus labios suaves.

El momento se siente suspendido en el tiempo, como si pudiera durar una eternidad. Al separarnos, nos quedamos admirando la vista.

—Sabes que estos lugares me recuerdan que no importa cuán pequeño nos sentimos, aun así, todos tenemos un propósito. —le digo a Felicity

—Eso suena como algo que dirías en una predicación.

—Tal vez. —digo, soltando una risa suave.

—Sabes que nunca me has mencionado por qué tienes tanta fe. Te he visto y fuimos a tu iglesia, pero nunca me has hablado realmente de eso.

Bajo la mirada a mis manos, sosteniéndome contra la baranda de piedra.

—Supongo que nunca pensé que te interesaría.

—Jay, claro que me interesa —me dice, su voz es suave —Quiero saber más de ti. Y sé que esto es una gran parte de quién eres.

Hablar de esto nunca ha sido fácil. No porque me avergüence, sino porque nunca he sabido cómo explicar algo que está tejido en quien soy. Sin embargo, Felicity me mira con una curiosidad genuina, sin juicio. Ella toma mi mano y me dirige hacia un banco cerca, dándome toda su atención.

—No siempre tuve fe, bueno, no de la manera en que la tengo ahora. Cuando tenía quince años, las cosas en casa eran complicadas. Mi mamá perdió su trabajo, y sentía que todo estaba a punto de destruirse. Hubo meses en los que mis padres tenían que decidir qué cuentas pagar y cuáles dejar sin pagar. El estrés y la incertidumbre eran un peso constante.

Siento el nudo formarse en mi garganta al recordar mi experiencia, pero evito que se note.

—En la escuela, las cosas eran aún peores. Me hostigaban todos los días; en la guagua me dejaban moretones por todos lados, y nadie hacía nada. Llegué a preguntarme si alguna vez las cosas cambiarían o si estaría condenado a vivir en esa oscuridad.

Las manos de Felicity me aprietan, recordando que no estaba solo y dandome seguridad para seguir.

—Pero entonces surgió un retiro en Jayuya con la iglesia metodista. Te juro que quería ir, pero no teníamos dinero. Ya me había resignado a que no iba a suceder, cuando, de la nada, alguien pagó por mí. Hasta el día de hoy, no sé quién fue.

—Eso es… increíble. —me responde Felicity

—Sí —respondo, mi voz ahora más suave—Ese retiro lo cambió todo. Sentí una paz y cuando escuche el versículo del retiro 'Vengan a mí los cansados y agobiados, que yo les daré descanso', decidí creer y confiar totalmente. Desde ese día, todo el peso que tenía encima desapareció. No los problemas, esos seguían, pero sentía que tenía alguien a quien recurrir.

Felicity suelta una sonrisa, mientras veo sus ojos aguarse un poco. Poder hablar con ella de esto ha sido hermoso. Nunca me he sentido cómodo de decir estas cosas, muchos no quieren escucharlo y a veces los entiendo. Pero ver a Felicity querer saber más de mí, me hace enamorarme más de lo que esperaba amar a alguien.

—¿Entonces, por qué quieres ser pastor?

Mi calma desaparece, ese título lleva un peso que siempre he querido olvidar y escucharlo de su boca, me estresa más de lo que imagino.

—A los dieciocho, ahora siendo líder de esos retiros, me sentía perdido. Así que le pedí a Dios que, si realmente quería que le sirviera, me lo demostrara diciéndome cosas que solo yo sabía. Si lo hacía, lo seguiría sin cuestionarlo.

Suelto una risa amarga

—Esa noche, una pastora vino a orar por mí… y empezó a decir palabra por palabra lo que había pedido en mi oración. Cosas que no le había contado a nadie. Luego, me miró y dijo: "Dios te está llamando a pastorear Sus ovejas. Cuando llegue el momento, lo sabrás."

Felicity se me queda mirando, regalándome una de sus sonrisas. Pero no ayuda y la ansiedad comienza a sentarse en mi pecho.

—Entonces, por qué te ves tan frustrado —me pregunta Felicity, creando escalofrío por mi espalda

—Es que ahora estoy cuestionando si lo que estoy haciendo es lo correcto.

—¿A qué te refieres?

—Elegí enfermería —admito, mi voz más baja ahora—tenía miedo de lo que implicaba ser pastor y decidí irme a la segura. Soy el primero en mi familia en ir a la universidad y todos estaban muy orgullosos. Me decían que estaba dando el ejemplo y rompiendo ciclos. Vi a mis padres luchar, mes tras mes, tratando de estirar el dinero. Me prometí a mí mismo que si tenía la oportunidad de construir algo estable, la tomaría.

Inclino mi cabeza hacia mis manos.

—Y ahora… ni siquiera sé si estoy donde se supone que debo estar. Este semestre, mi último semestre, nada ha tenido sentido. Siendo honesto, lo único que ha tenido sentido en todo esto eres tú.

Felicity guarda silencio por un largo momento, su mirada aún en mí. No sé si está procesando lo que acabo de decir o simplemente absorbiendo el momento. Entonces, sin previo aviso, recuesta su mano en mi cara, sus dedos acariciando mis mejillas.

—Mírame, eres increíble. —me dice, moviendo mi cara hacia ella — Necesitas hacer lo que te haga feliz, no lo que los demás quieran.

—Quisiera hacer eso, pero mi familia depende de mí —admito.

Se inclina hacia mí y presiona un beso suave en mi hombro, su calidez está filtrándose en mí.

—Amor, tu siempre cargas el peso de todo el mundo. Tienes que empezar a pensar en lo que tú quieres.

La miro, capturando la confianza en su expresión. Es extraño cómo alguien puede decir lo que necesitaba escuchar. Aprieto su mano en respuesta, sin querer soltarla, y ella no se aleja. En cambio, apoya su cabeza contra mi brazo, y simplemente nos quedamos ahí, viendo cómo la luz del sol se desvanece.

Rozo mis labios contra su frente y murmuró:

—No sé qué haría sin ti.

Felicity deja escapar una risa suave.

—Por suerte, nunca tendrás que averiguarlo.

Nos quedamos en el mirador unos momentos más hasta que decidimos seguirlo. No sé qué debo hacer, qué dirección tomar. Lo que estoy seguro es que sea la decisión que tome, Felicity estará a mi lado. De eso estoy seguro.

Logramos llegar al carro, el sol ha descendido más, bañando la selva con tonos dorados y púrpura mientras descendemos con cuidado. El teléfono de Felicity comienza a vibra, notificandonos que hemos vuelto a la civilización. Ella parece congelarse, su agarre en mi mano se aprieta. La observó mientras escanea la pantalla. Sea lo que sea, no es insignificante. Lo veo en la forma en que sus hombros se tensan, en la manera en que su respiración se cortó por un segundo.

—¿Todo bien? —pregunto

Parpadea demasiado rápido y bloquea la pantalla antes de que pueda ver algo.

—Sí… solo cosas de la universidad, nada importante.

Su respuesta, no me convence en lo absoluto. Sin embargo, decido dejarle su espacio. Mi mente se queda atrapada en la forma en que su expresión cambió, en cómo su energía se transformó en un instante. Yo la conozco y no la voy a forzar, sé que cuando llegue el momento, ella me lo dirá y podremos enfrentarlo juntos.

CAPÍTULO VEINTITRÉS

Felicity

Mi cuarto está oscuro, el brillo de la pantalla de mi computadora proyecta una luz pálida sobre mi piel. El correo sigue abierto, el mismo de la semana pasada cuando Jay y yo estábamos en el Yunque. No le dije nada, lo dejé a un lado, con miedo de arruinar nuestro día perfecto. Aunque a veces pienso que lo escondí para evitar afrontar lo que hoy tengo que enfrentar. Mis ojos recorren el correo una vez más, como si las palabras pudieran cambiar en la décima lectura:

¡Felicidades! Nos complace ofrecerte un lugar en nuestro programa de Maestría en Ciencias Ambientales en la Universidad de Viena...

Una oleada de emoción crece en mi pecho, el programa que desde pequeña había soñado. Este es el resultado de todo lo que trabajé, por el que luché. La prueba de que era lo suficientemente buena, de que todas las noches rotas, los sacrificios, el esfuerzo incesante habían valido la pena.

Pero a medida que mi mirada baja por el correo, mi corazón se encoge:

Tu matrícula comenzará en agosto. Orientación y los intensivos comenzarán a finales de mayo y comenzarán la preparación para la investigación.

Mis dedos flotan sobre el ratón, inmóviles. Como que, en mayo, no dentro de meses, no en un futuro lejano, está a la vuelta de la esquina. Apenas en un mes ya me tendría que ir.

Mi estómago se hunde, la alegría inicial se enreda rápidamente con algo más pesado. Debería estar celebrando, saltando de emoción, llamando a mi hermano, a mi papá, a Jay. Mi corazón se paraliza… Jay. Me recuesto en la silla y juego con mi pelo para calmarme. No entiendo, este siempre fue el plan, estar aquí y luego irme. Perseguir mis sueños, construir la vida que imaginé. Sin embargo, ¿por qué ahora que está por hacerse realidad siento que estoy pisando suelo inestable? ¿Qué se supone que haga?

Me levanto a tomar aire para poder procesar la importante decisión que tengo que tomar. El suave ritmo de la voz de Prince Royce flota por el pasillo, saliendo del cuarto de Vilma. El compás de bachata late bajo la letra, cantando la historia de un amor que puede perderse. Suelto un suspiro, casi riéndome de la ironía. Por supuesto que Vilma está escuchando esto hoy.

Tocando la puerta, comienzo a dudar si debería hablar de esto con ella. Un segundo después, el viento de la puerta al abrirse deja que la música inunde el espacio entre nosotras.

—¡Felicity! ¿Qué está pasando?

Las palabras no quieren salir, pero me obligo a forzarlas fuera

—Me aceptaron en la maestría —le digo a Vilma

—¡Ahhh, que brutal! —se lanza y me da un abrazo —¿Cuándo salimos a celebrar?

Su felicidad se desvanece al notar la poca emoción con la que se lo dije y su mirada se transforma a una de preocupación. Me agarra de la muñeca y me jala dentro, el aroma de loción de coco y vainilla llenando el aire.

—Okay, ¿No deberías estar emocionada? Te aceptaron.

Intento sonreír, pero no me sale del todo.

—Si... es que... es en Viena.

—Oh... Viena —Vilma murmura

La emoción en el rostro de Vilma se desvanece lentamente, su sonrisa titubea y sus ojos se llenan de comprensión mientras sus manos, que antes se movían con entusiasmo, caen suavemente a sus lados.

—Es por Jay, ¿verdad?

La garganta se encierra, mis manos convirtiéndose en puños a los lados. No sé cómo responder, porque sí, es por Jay. Pero también es por mí, por la vida que creía querer y la vida que no esperaba encontrar aquí. Me dejó caer al borde de su cama, exhalando temblorosa.

—Debería estar feliz, bueno, estoy feliz. Pero tengo que irme en mayo, en semanas. Pensé que tenía más tiempo. Y ahora... no sé qué hacer.

Vilma suspira y pasa un brazo alrededor de mis hombros.

—Feli, Jay es mi mejor amigo. Sé cuánto tú lo amas, cuánto significa para ti. Pero aun con eso, tú tienes que pensar en tu futuro. Esta oportunidad es increíble, algo por lo que te has esforzado toda tu vida. No puedes ignorarlo solo porque irte será difícil.

Se queda en silencio por un momento y luego ladea la cabeza.

—¿Cómo reaccionó Jay cuando se lo dijiste? —me pregunta.

—No se lo he dicho.

—¿Feli, enserio?

Bajo la mirada, entrelazando los dedos.

—Quería hacerlo. Pero estábamos en El Yunque, todo era tan perfecto y yo... no podía arruinarlo.

—Chica, tienes que decírselo

—Lo sé. —Mi voz apenas sale —Es que no sé cómo decirlo. No sé cómo mirarlo a los ojos y decirle que todo lo que tenemos ahora podría tener una fecha de expiración.

Vilma aprieta mi mano con firmeza, un gesto de apoyo.

—Entonces no esperes mucho. Mientras más tiempo guardes esto, más difícil será para ustedes dos.

—Lo sé. Pero ¿y si irme es la decisión equivocada? ¿Y si me voy y me doy cuenta de que dejé atrás algo que nunca podré recuperar?

Vilma me lanza una mirada seria.

—¿Y si te quedas y terminas resentida? ¿Y si, años después, te preguntas qué habría pasado si hubieras dado este paso?

Sus palabras me chocan y no alivian el peso que presiona mi pecho. En cambio, me arrastran más profundo a los recuerdos de mi papá. La forma en que miraba a mi mamá antes de que todo se destruyera. La manera en que luchó por ella, la eligió por encima de todo, incluso de sí mismo. ¿Y para qué? Para ser abandonado.

—No puedo creer que estoy en la misma situación que quise evitar. No sé si puedo hacer eso, Vilma. No sé si puedo arriesgarme así.

Vilma me observa por un momento y suspira.

—Feli, a la hora de la verdad, la única pregunta que tienes que contestar es ¿qué quieres más?

Inhalo hondo, tratando de encontrar estabilidad.

—Necesito hablar con papi.

—Llámalo, eso te puede ayudar.

Me da un abrazo fuerte, casi aliviando la ansiedad que tengo por toda la situación.

—Y Feli… si te vas, te voy a extrañar. Pero dondequiera que estés, sé la mejor versión de ti.

Nos separamos del abrazo y le devuelvo una sonrisa débil, apretándole su mano en agradecimiento.

—Gracias.

Saliendo del cuarto de Vilma, me encuentro en el balcón. El aire de la noche acariciando mi piel mientras me apoyo en la barandilla. El murmullo distante del pueblo se mezcla con el susurro de las aves, pero el ruido de mi mente le gana a todo eso. Inhalo y presiono marcar. El timbre parece eterno, pero luego, una voz familiar llena el vacío.

—¡Mi niña! Qué sorpresa. ¿Cómo estás?

—Hola, papi.

Su voz es cálida, como siempre lo es cuando hace tiempo que no hablamos.

—Cuéntame, ¿qué pasa?

—Me aceptaron en la maestría.

Una pausa. Y luego, pura alegría estalla en la línea.

—¡Felicity, eso es increíble! Estoy tan orgulloso. ¡Mírate!, haciendo todo lo que querías.

—Sí. Todo lo que quería. —digo con una risa suave, pero se siente forzada

Su silencio me dice que noto al instante mis emociones.

—¿Pero…?

Cuestiono si decirle la verdad, pero necesito sacarlo del sistema.

—Es que empieza en verano. Tendría que irme pronto.

Otra pausa. Esta vez más larga, más pesada.

—Yo estoy muy feliz porque estarás más cerca de nosotros y te voy a poder ver. Eso sí… ¿Y el muchacho?

—¿El muchacho? —le pregunto, mi cuerpo confuso por su conocimiento.

Se ríe entre dientes.

—Tu hermano mencionó que has estado saliendo con alguien.

Mi estómago se enreda, no esperaba que lo supiera.

—Oh…

—No sé mucho, pero con lo que he escuchado, sé que significa mucho para ti.

—No se lo he dicho aún.

Él exhaló, un sonido pensativo.

—¿Tienes miedo? — me pregunta.

—Papi, no sé qué hacer. Trabajé toda mi vida para esto, sé que debería estar feliz. Pero pienso en él y… pero también en ti… en mami.

Papi se queda en silencio, esperando. Siempre ha sido bueno esperando, dejándome encontrar mis propias palabras para poder hablarle.

—¿Por qué elegiste a mamá en lugar de tus sueños?

La pregunta sale sin aviso. Tengo miedo de que vaya a lastimarlo. Una inhalación se cuela por la bocina del teléfono.

—Ay, mi amor…

Casi me retracto, casi le digo que olvide la pregunta y colgar el teléfono. Pero entonces, él habla.

—La vida es un riesgo, Fifí. No puedes tenerlo todo. No importa qué elijas, siempre estarás arriesgando algo. Lo importante es saber cuál riesgo vale la pena.

—¿Y ella valió la pena?

Papi no responde de inmediato. Aunque escucho una leve risa, una mezcla de cariño y tristeza.

—Sí.

—¿A pesar de todo? —le cuestiono

—A pesar de todo. —me responde, su voz firme —Porque la amé. Y el amor no se trata de garantías, mi niña. Se trata de elegir, cada día, incluso cuando es difícil, incluso cuando no dura.

Una lágrima resbala por mi mejilla. Sintiendo mi pecho cada vez más apretado.

—¿Te arrepientes?

—No… Pero sí que me arrepiento de no haber pensado en mí también.

Mi respiración cada vez es más profunda, sus palabras hundiéndose en mí, llenando cada rincón enredado en dudas.

—Papi, entonces ¿No hay una elección perfecta?

Se ríe suavemente

—No, mi amor, solo aquella con la que tu corazón pueda estar en paz.

Aprieto el teléfono por un momento más, con la respuesta de mi padre aún resonando en mi mente. Quiero que sus palabras sean suficientes, que me den una respuesta clara, pero en su lugar, se asientan en mi pecho como piedras. No importa qué elijas, algo se perderá.

—Gracias, papi, te quiero

—Amor, sabes que te apoyaré en lo que sea. Solo toma la mejor decisión para ti. Te quiero.

Cuelgo el teléfono y permanezco en silencio. Sé que intentó darme sabiduría, pero todo lo que siento es más ansiedad. No me dijo qué hacer ni intentó inclinarme en una dirección. Solo me dio la verdad que el amor y los sueños siempre exigen sacrificios, y lo más difícil es decidir cuál puedes soportar perder. Cierro los ojos y susurro al aire nocturno.

—¿Qué se supone que tengo que hacer?

No hay respuesta. Lo que si se es que tengo que decírselo. Miro el teléfono, el brillo de la pantalla revela el nombre de Jay. Respiro profundo, mi pulgar flota sobre la pantalla. No sé si quiero presionar, llamar o apagar el teléfono y fingir que esto no está pasando. Me quedo ahí, paralizada, viendo nuestro último mensaje. Un "duerme bien, amor" de anoche. Bloqueo el teléfono. Lo desbloqueo de nuevo. Paso por nuestras fotos, la risa en su rostro, la forma en que me mira cuando cree que no lo veo. Una carga de dolor sube por todo mi cuerpo.

Me imagino su rostro cayendo, la forma en que sus labios se fruncen cuando trata de esconder el dolor. O peor... que no diga nada. Que el silencio entre nosotros se haga tan grande que ni siquiera sepamos qué somos después de esto. Tal vez intentará ser fuerte, dirá que está bien, que me apoya... pero ¿y si no lo está? ¿Y si me dice que me ama pero que no puede seguir con esto? ¿Y si me pide que me quede?

Miro al teléfono y sin darme cuenta ya lo estoy llamando. Apenas suena dos veces antes de que él conteste, su voz cálida e inocente.

—Hola amor, ¿Cómo estás?

Trato de hablar, pero nada sale. Solo un nudo en la garganta que se hace más fuerte. El silencio se alarga sin decir nada.

—¿Feli... estas bien? ¿Qué pasa?

Su voz es suave, pero hay una nota de alerta en ella. Me conoce demasiado bien. Cierro los ojos, sin estar preparada para lo que diré.

—Tenemos que hablar. ¿Nos podemos ver el lunes después de la clase?

CAPÍTULO VEINTICUATRO

Jay

Llego temprano al centro de estudiantes, bulto en los hombros y mi mente llena de ideas. Está tranquilo a esta hora, con la brisa moviendo suavemente los árboles y un par de estudiantes conversando en las mesas. Me acomodo en una esquina, justo donde Felicity y yo solemos sentarnos cuando queremos escapar del revolú. No puedo evitar mirar alrededor. Todo me recuerda a ella. Las risas entre clases, las papitas que siempre traía escondidas en el bulto, los días que nos quedamos hablando de la vida hasta que se iba el sol. Aquí fue donde me contó sobre lo que quería estudiar en el futuro, aquí fue donde la vi llorar una vez sin saber qué decirle, y aquí fue donde me di cuenta, sin decirlo en voz alta, que estaba enamorado de ella.

Saco mis notas, pero ni las miro. El mensaje de "tenemos que hablar" sigue dando vueltas en mi cabeza. Ese mensaje le da pánico a cualquier persona, pero intento convencerme de que puede ser algo bueno… o quizás no. La esperanza y el miedo pelean por el control dentro de mí. Mirando mis apuntes, reconozco que no me he enfoqueado mucho este semestre. Aunque, como es mi ultimo semestre, puedo tomarlo suave. No sé si es que he estado concentrado en Feli o si algo dentro de mi quería simplemente soltar ese peso, pero la presión de los estudios no ha sido la misma que antes.

Al alzar mi mirada, Felicity entra. El centro de estudiantes se queda en silencio por un segundo. Mis ojos la siguen sin pensarlo, como si mi cuerpo supiera lo que venía antes de que mi mente lo procesara. Felicity camina lento, con los hombros un poco caídos y la mirada en otro lado. El pelo lo tiene medio alborotado por el viento, recogido así a lo loco, y el jacket medio abierto como si se lo pusiera a millas. Pero no es eso lo que me preocupa. Es su flow completo. Se ve… ausente, lejos. Como si ya estuviera en otro lugar, como si estuviera a punto de decir algo que no se puede recoger después.

No me busca con la mirada. No sonríe. Nada. Sus dedos juegan con el zipper de su jacket, como si no supiera qué hacer con las manos. Y sus pasos, mano… sus pasos se sienten pesados, como si cada uno la estuviera empujando a algo que no quiere hacer. Y eso me rompe un poquito por dentro. Esa no es la Felicity que yo conozco. No es la que me miraba con brillo en los ojos, ni la que se reía bajito cuando decía algo estúpido. Esta Felicity está apagada. Cerrada. Y yo no sé si tengo la llave esta vez. Estoy tenso. El pecho se me aprieta. Ya sé que lo que viene no es fácil. Se sienta al frente mío, sin decir ni pío. Y evita mirarme… por unos segundos que se sienten como siglos. Y aunque no ha dicho nada, algo se va a romper aquí.

—Hola —dice, apenas ni lo escucho.

—¿Hola? —respondo, intentando sonar normal, pero mi voz está hueca.

Mi mente empieza a correr. ¿Hice algo? ¿Está molesta? ¿Está bien? Hay algo en su postura, en la manera en que se muerde el labio inferior, como si lo que viene no es lo que esperaba. Y aunque trato de mantener la calma, la ansiedad empieza a apretar el pecho.

—Me aceptaron en la maestría de Viena —dice de pronto, sin ningún titubeo.

—¿En serio? —digo emocionado—¡Feli, qué bueno!

Ella asiente, bajando la mirada.

Mi primer instinto era emocionarme por ella, esto es algo que siempre mencionaba y quería. Aunque al verla, comienzo a procesar su noticia y entender su actitud.

—¿Y cuándo...? —mi voz se apaga—. ¿Cuándo te irías?

—En mayo.

El mundo se detiene, es como si mi cuerpo estuviera rechazando esa noticia como una infección. Trato de enfocarme, de poner orden en mi cabeza, pero todo se siente vacío. Es como si alguien hubiera apagado el switch de todo lo que me sostenía. No escucho bien lo que pasa a mi alrededor. Su boca se movió, pero no registro lo que dice después. Viena. Mayo. Repito las palabras, pero no me entran. No caben en mí.

No puede ser. No puede ser que este sea el final. No después de todo lo que hemos vivido. Yo pensé que teníamos más tiempo. Que esto apenas estaba empezando. Me río por dentro, pero no de alegría. Me río porque soy un morón. Porque estuve aquí sentado, esperándola, creyendo que esto iba pa' algún lado… mientras ella ya estaba empacando, aunque fuera solo en su mente. Y no la culpo, ¿sabes? No es eso. Es que me duele. Me duele tanto que hasta respirar se siente como trabajo.

Me siento bruto. Quiero decirle que no se vaya, que se quede, que me elija… pero no lo digo. Porque sé que no tengo derecho a pedirle eso. Porque ella merece todo lo que sueña. Pero también porque si lo digo, ella igual se va… no sé si lo voy a aguantar.

—¿Desde cuándo lo sabías? —pregunto, con la voz más baja de lo que esperaba—. ¿Por qué no me dijiste nada?

—No sé, es que… no sabía qué hacer con la información.

Por un momento, parece que va a guardar silencio para siempre. Está sentada justo frente a mí, pero se siente a kilómetros de distancia.

—No sé si quiero ir —murmura, casi tan bajito que dudo si lo escuché bien.

Levanto la mirada de inmediato. Me congelo.

—¿Qué? —se me escapa sin pensar—¿Que tú hablas, Feli? ¡Tienes que ir!

Ella me mira sorprendida, como si no esperara que reaccionara tan rápido. Y la realidad es que yo tampoco. Pero tenía que decirlo. Porque si la dejo continuar, si la dejo verbalizar lo que está a punto de confesar, se que me va a romper algo por dentro que no sé si se podrá arreglar.

—Es que… —su voz se quiebra un poco—. No sé si puedo. El programa es costoso, no sé cómo voy a pagar todo. Siento que… que, si me quedo sin dinero, voy a terminar regresando con las manos vacías.

La escucho, pero algo dentro de mí sabe que no es solo eso. Hay un nudo más profundo escondido entre esas palabras.

—Eso se resuelve, Feli —digo rápido, casi con urgencia—. Tú sabes que siempre hay formas. Becas, trabajos, familia… tú siempre caes parada.

Ella baja la mirada, respirando hondo. Por un momento parece que va a asentir, pero entonces baja la mirada a sus manos, que ahora aprietan su jacket con fuerza. Los nudillos blancos. El labio temblando apenas.

—Es que… —empieza, pero le tiembla la voz—. No lo sé. Esto es lo que siempre he querido, lo sé, pero no lo esperaba así. No esperaba que me doliera tanto. No esperaba que fuera tan difícil soltar lo que tengo aquí.

Una lágrima se le escapa, y lo limpia rápido, como si no quisiera que la vea. Pero ya la vi. Y verla así, a Felicity que siempre es tan fuerte, tan firme... verla quebrarse, me duele.

—No es tan fácil como pensaba —susurra—. Porque ahora no se siente como una victoria. Se siente como perder algo también. Como perderte a ti.

—Es tu sueño. Has hablado de esa maestría y cuanto lo has deseado. No puedes dejar esta oportunidad pasar.

Quisiera tragarme esas palabras tan pronto las digo. Porque la verdad es que quiero decirle que se quede. Que no se vaya. Que me elija a mí. Quiero decirle que no sé cómo va a ser la vida sin sus mensajes de madrugada, sin verla cruzar el pasillo buscando café, sin su risa en mi oído ni sus ojos encontrando los míos en medio de un grupo. Pero no lo haré. Porque eso sería egoísta. Porque eso sería cargarla con un peso que no le toca. Porque si realmente la amo, tengo que dejarla volar... ¿verdad?

Pero mientras la miro, sus manos temblando un poco y sus ojos luchando por mantenerse secos, una parte de mí grita por dentro: Quédate. Quédate, aunque no tenga sentido. Quédate, aunque el mundo entero te diga que te vayas. Aun así, respiró hondo. Aprieto los dientes. Y la miró con la mejor sonrisa rota que me puedo inventar.

—Mi amor, esto es lo que has querido. Así que no te detengas ahora que el mundo te espera.

Ella me mira, sus ojos diciéndome algo que no puedo entender.

—Entonces... ¿qué hacemos? —me pregunta, casi en un susurro.

Respiro hondo, tragando la respuesta que de verdad quisiera darle.

—Si el tiempo es corto... vivámoslo bien.

Tomo su mano. No sé si para consolarla o para no soltarme yo. Sonrío, porque es lo que se espera. Porque si la dejo ver lo que siento ahora, no va a irse. Y sé que tiene que irse. Así que finjo estar bien. Y ella, por un momento, finge creerme. Ninguno dice nada más. Solo nos quedamos ahí, en esa esquina del centro de estudiantes donde tantas veces reímos, dejando que el silencio haga lo que las palabras no se atreven. Y mientras el mundo sigue girando, yo me quedo quieto… memorizando lo que sé que voy a perder.

Capítulo Veinticinco

Jay

El camino se extiende ante nosotros, guiando al lado de la playa. El horizonte brillando dorado y a través de las palmas, el océano se asoma, sus olas calmadas, infinitas. Mantengo las manos firmes en el guía, la música del carro llenando el silencio entre nosotros. Felicity está a mi lado, su cabeza apoyada contra la ventana, observando el mundo pasar en un borrón. Estamos de camino al faro de Rincón, un lugar que ella ha querido visitar hace tiempo, pero ahora el tiempo se nos está acabando.

La miro en mi periferia, memorizando la forma en que la luz se enreda en su pelo, cómo sus labios se entreabren cuando se pierde en sus pensamientos. He intentado convencerme de que esto es suficiente. Que los recuerdos serán suficientes cuando ella se vaya. Pero… ¿y si no lo son? ¿Y si, sin ella, todo lo demás empieza a sentirse vacío? Se ve tranquila, pero sé que no lo está. Sé que, al igual que yo, su mente está en otro lugar. Pero por ahora, dejo esos pensamientos a un lado. Si el tiempo se nos escapa, entonces tenemos que hacer que cada segundo cuente.

—Estás callado —murmura Felicity, sacándome de mis pensamientos.

—Solo pensando

—¿De qué?

Tomo una pausa antes de contestar

—De que hoy vamos a disfrutar mucho

Sonríe, pero alcanzo a ver el destello de tristeza en su mirada antes de que vuelva la vista al frente. Los dos sabemos que estamos mintiendo. Y no la culpo, ese día se ha quedado grabado en mi mente. El día que me lo dijo, respondí que tenía que aprovechar. Que este era su sueño, una oportunidad única en la vida y que estaba orgulloso de ella. Y lo decía en serio, cada palabra que dije era real, pero que algo sea cierto no hace que duela menos.

Desde ese día, he tratado de hacer que cada momento dure más, estirar el tiempo de maneras que serían imposible. Me aferro a cada momento como el sonido de su risa, la forma en que su mano se siente en la mía y la manera en que sus ojos se suavizan cuando me mira. Este tiempo, mi objetivo es hacer cada día sea inolvidable. Caminamos por la playa, donde hablamos de todo, con el océano extendiéndose infinito frente a nosotros. Conversaciones nocturnas en el techo, donde nos quedamos dormidos bajo las estrellas, escuchando su respiración, grabándola en mi memoria, temiendo la noche en que ya no esté a mi lado.

Llegamos al faro y sacamos las cosas del carro y nos dirigimos hacia el área común. Las memorias todavía corren en mi mente. Cocinando juntos, con harina en la cara, fingiendo que todo es normal cuando ambos sabemos que no lo es. Se ríe cuando fracasó intentando voltear los pancakes, y yo le beso la punta de la nariz para solo escucharla reír. Bailando descalzos en mi sala, su cabeza apoyada en mi pecho, moviéndonos al ritmo de una canción que ninguno de los dos volverá a escuchar de la misma manera. Su cuerpo se amolda al mío y el tiempo se siente eterno; con el miedo que, si la suelto, no estará. A pesar de todos esos momentos, la verdad sigue persiguiéndome. Por más fuerte que lo ignore, estoy confrontando con la realidad que la amo y no sé cómo perderla.

El cielo se pinta de suaves tonos naranjas y rosados, con el océano extendiéndose hacia al horizonte. La brisa arrastra el aroma a sal y tierra, revolviendo el pelo de Felicity mientras inclina la cabeza hacia atrás, con los ojos cerrados, como si estuviera absorbiendo todo.

—Esto me encanta —murmura, tirándose hacia la sábana en la grama.

Dos horas después, estamos sentados sobre las sábanas, con los restos de nuestro picnic entre nosotros como los bordes de los sándwiches, el resto de las frutas y la bolsa de galletas que insistió en traer. Ha pasado la tarde y la noche enseñándome palabras en alemán, riéndose de mi pronunciación terrible, y por un momento, me permito fingir que esto no tiene una fecha de vencimiento. Se recuesta sobre mis hombros, observando las estrellas que iluminan el cielo.

—Debería empezar a organizar todo antes de irme —dice con naturalidad, mientras cada palabra que dice es como una puñalada en mi corazón.

—Sí… supongo que sí. —respondo, mi voz sintiéndose áspera.

—Jay…

—No hablemos de eso, disfrutemos el ahora.

Felicity suspira, pero su agarre en mi mano es más fuerte de lo normal. Sus dedos juegan con los míos, trazando patrones en mi piel.

—Odio que todo esto esté pasando tan rápido.

—Sí, lo sé —es lo que logró responder

¿Qué más puedo decir? No quisiera hablar de que se va. No quiero admitir que cada momento que tenemos ahora se está desvaneciendo más rápido de lo que puedo controlar. Felicity levanta nuestras manos unidas y presiona mi mano contra su mejilla, cerrando los ojos mientras se inclina hacia ella. Su piel se siente cálida, suave contra la mía. Mi respiración se entrecorta, mis dedos se curvan contra su mandíbula, sosteniéndose ahí, como si pudiera detener el tiempo en este único momento. Gira su cabeza, rozando sus labios contra mi muñeca, un contacto apenas perceptible, pero que hace saltar mi corazón como la primera vez que la vi. Entonces abre los ojos, buscándome, y lo que encuentra en mi rostro la hace sonreír. No es una sonrisa grande ni juguetona, sino pequeña e íntima.

—Jay —susurra, tan suave que casi no la escucho.

Espero que diga algo, pero se queda callada. En vez de decirme, se inclina y presiona un beso justo en mi quijada, dejándolo ahí por un instante. Mi corazón golpea contra mis costillas, el aire entre nosotros cambia, volviéndose más denso, más inevitable, atrayéndola hacia ella como si fuera la misma gravedad. Cierro los ojos, hundiéndome en su calor, en el aroma de su pelo, en la manera en que ella se siente como mi lugar seguro. Pero un hogar no debería ser algo temporal, no debería tener una fecha de expiración.

Y entonces, surge el pensamiento, silencioso, pero insistente. Tal vez ella no pueda quedarse... pero ¿y si yo pudiera irme con ella? El pensamiento es absurdo y estúpido, pero una parte de mí se aferra a la idea con desesperación. ¿Qué pasaría si dejo todo? La universidad, mi familia, la iglesia, mi plan de vida. ¿Sería un sacrificio o una oportunidad? ¿Estoy dispuesto a arriesgarlo todo por ella... y si lo hago, algún día me arrepentiré?

Me prometí a mí mismo que no viviría en la incertidumbre. Que no cometería los mismos errores que otros. Que tendría un plan, que construiría algo sólido. Pero ahora, sentado aquí, con ella apoyada contra mí, todo lo que creía seguro empieza a agrietar. ¿Y si el propósito no es un lugar? ¿Y si es ella? En ese momento, todo se sentía en paz, incluso perfecto.

—¿Feli?

—Dime

La garganta se me cierra, los nervios peleando si realmente decirlo.

—Y… ¿si me voy contigo?

Los ojos de Felicity se abren totalmente, su expresión nublada en confusión.

—Espera, ¿cómo "quieres ir contigo"?

—Lo que piensas, ir a Viena juntos

Su expresión queda perpleja. El silencio llena el espacio entre nosotros, su rostro ahora mostrando duda. Se levanta de la sábana, como buscando la razón en algún lugar.

—Jay… ¿de qué hablas?

—Quiero estar contigo. A donde sea que eso nos lleve.

Me levanto para estar a su lado y ella comienza a caminar de un lado a otro, como si ayudara a racionalizar lo que sugerí.

—¿Jay, te das cuenta de lo que estás diciendo? No voy a permitir que dejes todo lo que has construido aquí por mí

Retrocedí un poco, sorprendido por la intensidad de su voz.

—Feli, no es como si estuviera abandonando todo. Es solo que… quiero que estemos juntos.

—¡Es que si lo estás abandonando todo! —insistió, su voz alzándose —Tus sueños, tu vida, tu carrera. No puedes simplemente dejar eso atrás.

—No estoy dejando nada atrás —respondí, sintiendo cómo la frustración también sale de mi voz—. Quizás pueda encontrar todo eso en Viena… contigo.

Sus manos envuelven su cabeza, como si pudiera contener todos sus pensamientos.

—Jay, esto no se trata solo del amor, se trata de tu futuro. No voy a permitir que hagas lo que hizo papi.

El pecho se me aprieta con fuerza escuchando sus palabras.

—Feli, yo no soy tu papá.

—¿Ah no? —preguntó en voz baja, temblorosa—. No podría soportar que un día te despiertes y te arrepientas de todo lo que dejaste por mí.

—No… no estoy tratando de hacerte daño. Solo… pensé que esta podría ser nuestra oportunidad.

Ella cierra los ojos, respirando hondo.

—Amor, quisiera con todo mi corazón que tú vinieras conmigo, pero no porque tengas miedo de perderme.

La honestidad de sus palabras me atraviesa. Di un paso hacia ella, tomándola en mis brazos. Ella negó de nuevo, bajando su cabeza. Tratando de esconder sus lágrimas que se asoman en sus ojos.

—Felicity, veo mi futuro contigo. Tú no eres una distracción, eres parte de mi vida.

—Y tu llamado… eso no es algo que puedes echar a un lado.

Sus palabras me golpearon como un puño al corazón. Fue como si hubiera metido la mano dentro de mí y sacara la duda que he estado intentando enterrar con desesperación. La idea de dejar atrás mi llamado y ese sentido de propósito que había construido, me sacudió hasta lo más profundo. El estómago se me revuelve, y el miedo me atrapó. Pero entierro nuevamente ese sentimiento, sin permitir que se asomara a mi rostro. No quería que ella viera cuán hondo me habían afectado esas palabras.

—¿Jay, y si dentro de unos años te arrepientes de no haberte quedado? ¿De no haber perseguido tus sueños aquí? —me repite.

—¿Y si dentro de unos años me arrepiento de haberte dejado ir sin intentarlo? Mi futuro no está completo sin ti.

Subiendo su mirada hacia mí, sus ojos de Felicity se llenaron de una emoción pura, su voz llena de tristeza.

—Solo… no quiero ser la razón por la que te pierdas, Jay. Amar a alguien no debería significar renunciar a quién eres.

—No me estoy perdiendo, Feli. Estoy descubriendo en quién quiero convertirme. Y te lo prometo: lo que decidamos, lo decidiremos juntos.

Acaricio las palmas de sus manos y entrelazando mis dedos con los suyos.

—Feli, sé que tienes miedo y si te soy honesto, yo también. Pero estar contigo se siente correcto. Como la vida que estoy destinado a vivir.

Las palabras titubeaba por un instante en mi garganta, porque por más seguridad que quisiera proyectar, el miedo que ella había traído aún resonaba dentro de mí. Lo empujé hacia lo más profundo de mi mente una vez más, decidido a no dejar que se notara en mi voz.

—Pase lo que pase, solo prometemos que lo enfrentaremos juntos.

—Bueno, hablemos de eso otro momento. —me dice

Sus brazos envuelven mi cintura, enterrando su cuerpo al mío. Un abrazo lleno de amor, preocupación. Cierro los ojos, dejando que la calidez disuelva poco a poco el temor que sigue latiendo dentro de mí. Quiero aferrarme a este momento, congelar el tiempo y evitar enfrentar lo que sigue. Sé que tendremos que volver a esta conversación, pero por ahora solo me aferro más fuerte a ella, esperando que eso baste para alejar el peso de la incertidumbre que aún amenaza con romperse.

CAPÍTULO VEINTISÉIS

Jay

El aroma del mofongo y carne frita nos rodeaba, el calor del día, mezclado con el griterío de la gente reunida alrededor del food truck. Vilma estaba sentada frente a mí en la mesa de madera, con un plato de tostones al ajillo sin tocar frente a ella. Llevo una semana cuestionando si lo que sugerí a Felicity es buena idea. La mirada de Vilma está en mí. Sus brazos cruzados, analizando cada movimiento mío.

—Jay, ¿qué está pasando? —comenzó a decirme —Háblame claro. No has dicho nada desde que nos sentamos.

—Es que he estado pensando en algo… y necesito tu opinión sincera.

—Lo dices como si yo supiera mentir. Dale, tíralo.

—Estoy pensando en mudarme a Viena con Felicity —admití.

La reacción de Vilma fue inmediata y rotunda. Su cara revelando como subtítulos su opinión. Se enderezó de golpe, dándole a la mesa con sus manos.

—¿Pero tú estás loco? ¿Qué te crees tú? ¿Vas a dejarlo todo pa' irte al otro lado del mundo?

—Sé que suena loco…

—Es que es loco, chico…—interrumpió Vilma —¿Y tu futuro? ¿Tu llamado? ¿Tus responsabilidades aquí? ¿Qué te pasa chico?

Sus palabras cayeron como balde de agua fría, reflejando los temores que había intentado ignorar. Su tono es fuerte, pero noto un destello en sus ojos, como si estuviera viendo algo más allá de mí.

—Mira… yo he visto gente perderse, Jay. Gente que tenía todo para brillar y un día soltaron su vida por impulsos. Sabes lo de mi hermana, siguió a alguien, dejó todo atrás… —traga saliva— y ya casi ni hablamos.

Por un momento no escucho solo un regaño. Escucho miedo.

—No quiero perderte y no quiero ver eso contigo.

—No digo que vaya a ser fácil. Pero ¿y si es lo correcto? ¿Para nosotros?

Vilma negó con la cabeza, visiblemente frustrada.

—Mira, yo sé que amas a Feli, pero ¿estás seguro de que esto es amor… o miedo?

—¿Miedo? —le pregunto

—Aha, miedo a perderla, miedo a estar sin ella. Pero te digo que, si realmente es amor, ¿por qué sientes que tienes que abandonar todo para que funcione?

Abrí la boca para responderle, pero no encontraba las palabras. Sus preocupaciones no eran nuevas, pero verlas en voz y con el tono que Vilma siempre tiene, me obliga a enfrentar una realidad que había estado evitando con todas mis fuerzas.

—Jay, solo no quiero que un día mires atrás y te arrepientas. Has estado construyendo algo valioso aquí. ¿Vas a dejarlo todo por alguien que ni siquiera te ha pedido que lo hagas?

Sentí una oleada de frustración encendiéndose dentro de mí.

—Felicity no me está obligando a hacer nada, Vilma. ¡Yo quiero esto! ¡La quiero a ella! ¿Por qué nadie puede entender eso?

Ella alza sus manos, tratando de calmarme

—Chico, nadie está cuestionando tu amor por Feli. Pero te digo que no estás considerado las consecuencias o cómo te puede afectar a ti.

—No me voy a perder. Estoy tratando de encontrar un futuro con la persona que amo. ¿Qué parte no entiendes de eso?

—¿Pero a qué precio? —replicó Vilma—Chico, ponte a pensar bien.

Una rabia comienza a encenderse en mí, sin poder controlarlo.

—¿Tú crees que yo no he pensado en esto?

Mi voz tiembla, pero no de miedo, de rabia. Rabia porque sé que Vilma tiene razón. Porque he pasado noches enteras sin dormir, porque me he desgastado imaginando cada escenario y no encuentro uno que no duela.

—Tú crees que es fácil, ¿verdad? Crees que puedo simplemente seguir con mi vida como si ella nunca hubiera estado en ella. Como si después de esto, todo fuera a ser igual. No entiendes que nada volverá a ser igual.

—Jay, estás siendo impulsivo. Estás tomando esta decisión porque tienes miedo de perderla, no porque lo hayas pensado completamente.

Sus palabras me duelen, como una aguja clavándose directo en donde ya me sentía inseguro.

—Tú no sabes lo que he estado pensando, chica. Tú asumes que sabes lo que es mejor para mí, pero no lo sabes.

—Jay, ya no quiero pelear—responde con firmeza—. Solo te digo que, como tu amiga, te estoy diciendo lo que necesitas oír, no solo lo que quieres escuchar.

Me levanto de la mesa bruscamente, la frustración está explotando.

—Tal vez no me conoces tan bien como crees —dije con amargura en mi voz.

Me di la vuelta, sin querer enfrentarla más y dejé la mesa atrás. Mi corazón latía con fuerza, impulsado por la ira, la culpa y esa sensación de que tal vez ella tenía razón. Camino sin rumbo, pero la verdad sigue pegada a mi piel como el sudor en una tarde de verano. Por más que lo intente, no puedo escapar de ella. Me apoyo contra una pared y cierro los ojos, intentando controlar el temblor en mis manos. El miedo corre por mis venas. No quiero que se vaya, no quiero perderla. Y lo más que me asusta de todo, es que trato de imaginarme sin Feli, pero no puedo. No sé quién soy sin ella.

Sentado en el sofá con Felicity, nuestras piernas casi tocándose, y por un momento el mundo se ha detenido. Felicity está organizando sus cosas, decidiendo qué llevarse y qué dejar. La pila de libros que no ha decidido si llevar o no me grita que esto es real. Que ella se va. Y que tal vez… yo la seguiré. No puedo creer que esté considerando hacer esto. Que haya llegado tan lejos.

—He estado pensando en cómo sería la vida allá —le digo, sin rodeos, mis dedos jugando con la costura del cojín—. No quiero simplemente llegar sin rumbo, así que podría trabajar con tu hermano en la panadería mientras encuentro algo más estable. Quizá estudiar allá, algo relacionado a salud o gestión hospitalaria, algo que me permita empezar de nuevo.

Felicity me observa. Al principio, no dice nada. Solo me mira con esos ojos que parecen leerme como un libro abierto. Su cara no refleja rechazo, pero tampoco alegría. Solo un silencio denso.

—¿De verdad harías eso?

—Sí. Lo haría por nosotros. Porque no me quiero quedar pensando en qué habría pasado si no lo intentara.

Ella baja la mirada, y noto cómo sus dedos aprietan el borde de su taza. El gesto es sutil, pero me dice mucho. Hay cariño en su silencio, pero también temor. Y aunque no lo diga, se cuela entre nosotros.

—Jay, todavía no he tomado esa decisión. Es un cambio enorme. No lo digo porque no lo quiera—dice con suavidad—solo... no sé si lo estás haciendo desde el lugar correcto.

Antes de que pueda contestar, se escucha el sonido leve de pasos. Clémence aparece desde la cocina, apoyada en el marco de la puerta con una taza de café y una mirada que ya trae opinión incluida.

—¿Así que planeas mudarte y hornear pan? —dice con esa sonrisa de quien finge estar jugando, pero no juega nada.

Felicity gira su cabeza rápido, incómoda.

—Clémence…

Pero ya es tarde. Clémence da un sorbo a su taza y lanza, sin cambiar el tono.

—Solo digo... eso suena romántico y de película. El chico que en dos semanas lo dejará todo para estar con su amor. Hasta que la realidad llega en silencio, y un día te descubres fregando platos a las once de la noche, en un lugar donde nadie te conoce… y te preguntas en qué momento tu vida empezó a girar alrededor de algo que no escogiste del todo.

Mi rabia sube como un calor lento, pero debajo de ella hay algo peor, un pinchazo de miedo. Miedo porque una parte de mí reconoce cada palabra. Felicity aprieta los labios, pero no le responde. Solo la mira decepcionada, pero yo ya no puedo quedarme callado.

—Acho, otra que se cree que lo sabe todo —le digo, sin levantar mucho la voz, pero con filo

Clémence me mira con su clásica mirada traviesa, pero también con seriedad.

—No, l'amour. Solo sé lo que pasa cuando uno se lanza a lo profundo de lo desconocido. El romanticismo dura poco cuando no hay oxígeno.

—¿Y tú crees que yo no sé nadar? —mis palabras salen con una intensidad que jamás esperaba.

—Creo que estás convencido de que el amor te va a enseñar en el aire. Pero no funciona así. Allá no vas a tener a tus amistades, tu familia, tu iglesia, ni tu idioma. Solo vas a tener a Felicity. Y eso suena hermoso... hasta que un día te das cuenta de que tu mundo se ha encogido. Que todo lo que eres, todo lo que haces, gira alrededor de una sola persona.

Hace una pausa, girando la taza lentamente entre sus dedos.

—Créeme, lo he visto. Empiezas pensando que es por amor, pero en el fondo... lo haces porque "toca", porque parece lo correcto, porque todos esperan que lo hagas. Y un día, aunque la ames, aunque no quieras que pase... esa persona empieza a sentirse como un peso. No por culpa suya, sino porque tu vida ya no es tuya.

Sus palabras entran como cuchillas. No porque me está atacando, sino porque está diciendo todo lo que ya he pensado en silencio, en esas noches donde me convenzo de que lo puedo hacer. Pero hay algo en mí que no quiere darle la razón.

—¿Y tú qué sabes de nosotros? Tú siempre estás ahí, mirándonos como si supieras algo que nosotros no. Pero tú no sabes lo que sentimos. No sabes cómo es ella para mí.

—Claro que sé. La conozco más de lo que crees. Y por eso sé que te ama. Pero también sé lo que es despertarte y sentir que tu vida no es tuya, que la elegiste por todos menos por ti. Y tú… tú estás muy cerca de hacer lo mismo.

—No lo voy a hacer. —le respondo

—¿Estás seguro?

Me quedo en silencio. Mis labios quieren moverse, soltar algo, defenderme. Pero no encuentro palabras que no suenen vacías. Porque no sé si estoy defendiéndose de ella… o de mí.

—Yo no vine aquí a discutir —le digo al fin—. Todo esto es porque estar con ella, allá o donde fuera, vale todo el sacrificio.

Clémence encoge sus hombros, pero esta vez sus ojos no tienen chispa de burla. Se quedan un segundo en mí, fijos, como si quisiera decir algo y se lo tragara. Sus dedos aprietan el borde de la taza antes de soltarla en la mesa, dejando un sonido hueco que resuena más de lo que debería.

—Pues, espero que valga —murmura al fin, y se gira hacia el pasillo sin mirar atrás.

Felicity no se ha movido. Solo nos mira a los dos como si estuviera viendo un incendio lento y no supiera con cuál manguera apagarlo. Se acerca a mi lado.

—Jay… —dice con voz suave—. Yo sé que todo esto es mucho. Que no es justo que tengas que cargar con tantas decisiones al mismo tiempo.

Afirmo sin mirarla. Mis manos están sobre mis rodillas, apretadas. Ella coloca una de las suyas encima, apenas rozándome.

—No quiero que sientas que tienes que salvarme, ni seguirme, ni probar nada —continúa—. Yo quiero lo mejor para ti. Siempre. Aunque no sea conmigo.

Sus palabras se clavan, no como cuchillas, sino como verdad. Duelen por lo reales que son.

—Pero si vamos juntos —añade, con una media sonrisa que tiembla— yo sé que saldrá bien. Porque, aunque no tengamos todo resuelto, sé que tú y yo sabemos cuidar lo que tenemos.

La miro. Quisiera decirle que sí. Que todo estará bien. Que el amor bastara. Pero antes de que pueda abrir la boca, mi celular vibra en el bolsillo y es un mensaje del Pastor David que dice: *¿Puedes pasar por el templo mañana? Hay algo que necesito hablar contigo.*

Lo leo, pero no digo nada. Guardo el celular y me recuesto hacia atrás, mirando al techo. Evalúo realmente si estoy tomando la decisión correcta.

CAPÍTULO VEINTISIETE

Jay

Al entrar al templo, el pecho se me aprieta de inmediato. El eco del lugar se siente como el vacío de mi dilema, con las luces suaves que profundizan la inquietud que llevaba dentro. Incluso los olores familiares que antes me consolaban, hoy me asfixian. Sentándome en la banca de atrás, el silencio del lugar chocaba violentamente con el caos dentro de mí. El pianista tocaba y sus acordes me llenaban con dolor, cada nota trayendo imágenes de Felicity, su voz resonando en mi mente. Cerrando los ojos para orar, me aferro a la banca como si pudiera anclarme contra el huracán de mi vida. Mi corazón retumba en mis oídos, cada latido alejando cualquier intento de consuelo. Estoy dividido entre el futuro que siempre había imaginado y la idea de una vida junto a Felicity. Hay tanta gente a mi alrededor, pero estoy más solo que nunca.

El feedback del micrófono anuncia el comienzo del sermón del Pastor David. Abre su Biblia como siempre hace, tomándose un momento antes de comenzar a hablar, su voz suave.

—Mateo 16:24 dice que, si alguien quiere ser el discípulo de Jesús, tiene que negarse a sí mismo, tomar su cruz y seguirlo. Muchos escuchamos esto y enseguida pensamos que el sacrificio es pérdida, algo que debemos soportar con dolor. Pero les reto preguntándoles, ¿y si el sacrificio no se trata solo de perder? ¿Y si se trata de ganar algo mucho mayor de lo que podemos imaginar?

Una oleada de frustración se desarrolla por dentro. Cada palabra parecía subrayar lo imposible que se sentía esta decisión, lo abrumador que era pensar en rendir todo lo que había construido. Se siente exigente, como una expectativa que no puedo cumplir.

—Cuando Jesús habló de cargar la cruz, no prometió facilidad. Soltar lo que queremos puede ser la única forma de descubrir quiénes somos. Es en ese acto de renunciar a nuestros propios planes, a nuestro propio control, donde encontramos libertad auténtica y propósito.

Cada palabra que el pastor decía intensifica la tristeza silenciosa que ya llevaba dentro. Cuestiono no solo lo que se suponía que debía hacer, sino por qué Dios exigiría sacrificios tan difíciles. Esto se siente injusto, casi cruel, que la claridad tenga que venir al precio de perder a alguien a quien amaba profundamente.

—Elegir no es fácil —continúa el Pastor David —. Pero cuando tomamos esas decisiones con autenticidad, desde la claridad y no desde el miedo o la desesperación, se vuelven transformadoras. Nos llevan a la vida que realmente estamos llamados a vivir, aunque el camino por delante sea incierto.

El pecho se sentía como si un elefante estuviera sentado encima.

Inclino mi cabeza, los ojos cerrados, luchando con desesperación por contener las lágrimas que amenazaban con desbordarse. El corazón me latía tanto que sentía que se iba a salir. Cada palabra se sentía como una acusación, un recordatorio de que estos sacrificios yo estaba seguro de que no podía soportarlos. Intentando estabilizar mi respiración, rogué en silencio por claridad, por alivio ante todo lo que me consumía.

Sin darme cuenta, el culto ya había terminado. Me quedé sentado en la banca, solo, mientras el murmullo de la gente saliendo pasaba a mi alrededor como una corriente distante. No había orado, no había cantado, solo había estado ahí. Una mano me toca el hombro.

—¿Tienes un momentito? —me dijo el Pastor David con una expresión cálida que lo identifica.

Sin decir nada, lo seguí hasta la oficina pastoral. Un espacio que conocía de sobra. El pastor cerró la puerta con cuidado y se tomó un momento antes de hablar.

—Jay... Esto no es fácil de decir, ni de recibir —comenzó—pero creo que ya es el momento.

No sabía qué quería decir con eso, así que me mantuve en silencio.

—Recibí un cambio y estaré yendo a pastorear para el área norte en julio. Ha sido una decisión larga... y dolorosa también. Pero es parte del camino.

Sentí un leve vacío en el estómago. El pastor llevaba años aquí. Era un pilar. ¿Qué pasara con la iglesia?

—Y eso me trae a ti.

Levanté la mirada, confundido.

—La Conferencia ha estado observando, tus pasos, tu llamado, tu presencia con la gente. Y después de discernimiento y conversaciones, ha salido tu nombre. Te quieren ofrecer el nombramiento como pastor titular… empezando este julio.

El mundo dejó de sonar. Mi corazón comenzó a latir con fuerza, no de emoción… sino de incredulidad.

—¿Yo? —dije, apenas con voz—¿Pastor… en serio?

—En serio —dijo él con calma—Oficialmente.

Deslizó una carta por el escritorio. Mis ojos siguieron las palabras impresas, y ahí estaba: mi nombre, seguido del título que parecía demasiado grande para mí. "Pastor". Sentí que el aire se espesaba. Me reí por lo bajo, un sonido torpe, más nervioso que feliz.

—Pero David... tengo poco más de 21 años. Apenas me voy a graduar de la uni. No estoy listo. No tengo ni la mitad de la experiencia que otros tienen.

—¿Y cuándo alguien lo está? —interrumpió, sin dureza, pero sin rodeo—. Estás más preparado de lo que tú mismo crees. La madurez no siempre viene con edad. Tú la has demostrado en el silencio, en el servicio, en cómo la gente se te acerca. Esto no es casualidad, Jay. Y no es una prueba. Es una puerta.

Me quedé callado. La carta seguía frente a mí, pero no la veía. Sentí cómo algo dentro de mí se rompía, no de dolor, sino de peso. Como si mis hombros hubieran recibido una carga invisible.

Mi mente se fue directo a Felicity. A Viena. A los paseos nocturnos por la playa, a los sueños que empezaban a formarse sin que yo los dijera en voz alta. Esa vida que se sentía mía por primera vez. Una vida ligera, donde por fin podía ser solo Jay, no "el joven que ayuda en la iglesia", no "el muchacho responsable que todos esperan que lidere".

Y ahora esto. Esta carta. Esta puerta que no pedí abrir, pero que se abría sola frente a mí. Sentí miedo. Miedo de perderla. Miedo de quedarme atrapado en una vida que, aunque santa, se sentía como una jaula si la miraba desde mi juventud. Miedo de fallarle a todos, incluso a Dios. Porque, ¿y si decía que sí y no estaba listo? ¿Y si decía que no y estaba rechazando algo sagrado?

El rostro de cada persona de la iglesia pasó por mi mente: la viuda que me pedía oración cada domingo, los jóvenes que me miraban buscando respuestas que yo a veces ni tenía, los niños que se reían cuando tocaba el piano en el culto. Era demasiado para alguien que aún sentía que estaba aprendiendo a ser adulto.

—No te estoy pidiendo una respuesta hoy —añadió—. Pero quiero que lo pienses. Esto... Esto cambia vidas. La tuya, y la de otros.

Asentí, tragando saliva. La carta seguía frente a mí, como si pesara toneladas. Mi corazón latía rápido, atrapado entre dos caminos: el que parecía correcto para todos... y el que, por primera vez, sentía mío.

A pesar de todo el miedo que estoy sintiendo, comienza a generarse una calma dentro de mi. Una paz que no nacía de entenderlo todo, sino de saber que, a pesar del miedo, este era el lugar que debía estar. Y cuando pienso en Felicity, pienso en todo lo que me ha dado: el amor, el consuelo, la ternura... pero también la valentía. Porque si he aprendido algo con ella, es que el amor de verdad no te hace esconderte de tu propósito.

Intenté sonreír, pero los músculos de mi cara apenas respondieron. Bajé la cabeza, mordiendo el interior de mi mejilla, con la mirada fija en un punto cualquiera para no dejar que el temblor en mis labios me delatara.

—¿Estás bien, Jay? —me preguntó el Pastor.

—Creo... Creo que es hora de cumplir mi promesa —logré murmurar.

—Eso es maravilloso, Jay. Qué bueno...

Interrumpió su oración, su tono cambiando como si percibiera algo más profundo detrás de mis palabras.

—Oye, ¿qué sucede realmente?

En ese momento, toda la fuerza que retenía lo que sentía colapsó. Como una represa que no aguantó más presión. Mi pecho se hundió, como si se hubiera partido por dentro, y las emociones que había enterrado durante días, semanas, salieron disparadas sin freno. Mi voz se quebró, temblando, torpe, y las palabras escaparon mezcladas con lágrimas que ya no podía contener. No fue un llanto suave, fue un desahogo crudo, como si cada sollozo sacara de mí algo que llevaba mucho tiempo cargando.

—No quiero perderla.

Me cubrí la cara con las manos, no para esconderme, sino porque ni yo podía sostenerme. Sentía que estaba desmoronándose por dentro. Todo se me salía: el amor que no podía proteger, el futuro que no sabía cómo sostener, el miedo de ser insuficiente, la tristeza de tener que dejar lo que más amo con todo mi ser. Cada lágrima caía con el peso de todo lo que estaba perdiendo... y lo que todavía no sabía si podía sostener. El Pastor se levanta y me sostiene en sus brazos, evitando que cayera, mientras continuaba desahogándome.

—En una semana se va, y yo... quiero estar con ella. Pero esto... no sé cómo seguir mi vida sin ella.

—Jay, no me imagino cómo te sientes. A veces el camino correcto también es el más doloroso. Recuerda que Él siempre tiene un propósito en todo lo que permite que enfrentemos.

Incliné la cabeza, tratando buscar aire en donde no hay. Me sentía expuesto y vulnerable. Entiendo con claridad cuál es mi llamado. Sé que esta es mi cruz, y es hora de cargarla. Pero aceptar que debo dejar ir a Felicity... es como arrancarme una parte del alma sabiendo que nunca volverá a encajar del mismo modo.

CAPÍTULO VEINTIOCHO

Felicity

Sentada en los bancos de cemento, justo frente a la estatua en homenaje al Maestro Puertorriqueño, la plaza Baldorioty está casi vacía. Es como si el campus también supiera que el semestre está por acabarse. Las hojas secas se arrastran por el suelo con el viento tibio de la tarde, y los rayos anaranjados del sol caen sobre mi piel, removiendo cada sentimiento de preocupación que tengo. A mi alrededor, la vida universitaria continúa en su forma más sutil como cuando un par de estudiantes conversan bajo la sombra del árbol, alguien pasa en bicicleta con los audífonos puestos, una chica con un bulto pesado cruza la plaza sin mirar a nadie. Estoy fuera de lugar; no porque no pertenezca aquí, sino porque ya no sé dónde pertenezco.

Miro la estatua. Los maestros levantan la mirada con firmeza, como si hablara a generaciones que aún no han nacido. Siempre me llamó la atención cómo esa figura, tan rígida, parecía contener una ternura escondida. Como las manos en los hombros de la niñez demuestran que enseñar también es amar. Amar sin garantías de que lo sembrado florezca cerca. Y en estos momentos vuelvo a pensar en Jay.

Pienso en su voz, en cómo habla de Dios como si le doliera el pecho. En cómo me mira cuando cree que no lo estoy viendo. En cómo alguna vez, en medio de una conversación sobre el evangelio, me preguntó si alguna vez me había sentido llamada a algo más grande que una vida común. Y ahora él es el llamado. Y yo... yo soy la vida que tal vez no pueda acompañarlo. Desde aquella noche en que me dijo que iba a Viena, una parte de mí estaba emocionada de que me siguiera. Que mirara el horizonte y dijera "contigo, donde sea." Pero otra parte, más sincera, más aterrada, no podía dejar de pensar: ¿Y si eso lo aleja de sí mismo? ¿Y si se pierde en el intento de no perderme a mí?

Acaricio el borde del banco con la yema de los dedos. La piedra está caliente aún por el sol. Un lugar simple, sin pretensiones. Esta plaza, esta universidad, este país... todo ha dejado marcas en mí. Y no es solo el amor lo que me pesa, es la posibilidad de dejar atrás algo que nunca voy a poder explicar del todo. Algo que ni siquiera en Viena voy a poder traducir.

Tomo el celular y lo miro. El nombre de Jack está en el historial reciente. Dudo unos segundos. Y luego marco porque ya no puedo guardar este miedo sola. El teléfono suena dos veces antes de que la voz de Jack inunde mis audífonos con su tono despreocupado de siempre.

—¿Fifi, estás bien o es una de esas llamadas donde necesitas que te saque de la cárcel?

Suelto una risa suave, aunque los ojos me arden un poco. Su humor siempre ha sido una cuerda lanzada cuando creo que me ahogo.

—Nada ilegal todavía… solo estoy en la plaza de la universidad. Pensando. Más de lo que debería.

—¿Todavía con el café frío? — Jack me pregunta

—Sí. Se convirtió en decoración emocional.

—Ajá. ¿Esto tiene que ver con Jay?

El silencio entre nosotros domina y la pregunta flota por un segundo.

—Sí.

Jack no dice nada al principio, y eso me calma. Siempre ha sabido escuchar.

—Él… —comienzo, mirando al suelo—. Él está pensando en venirse conmigo a Viena.

—¿Y eso no es… bueno?

—Sí… No… No sé. —Exhalo con fuerza—. Es lo que soñaría, ¿sabes? Que me diga "voy contigo". Que me elija. Pero parte de mí… tiene miedo de que lo haga. De que deje todo lo que ama, todo lo que lo hace él… solo por estar conmigo.

—¿Y tú qué quieres?

—Lo quiero a él. Pero no quiero que un día se despierte y ya no sepa quién es, y piense que fui yo quien lo desvió de su camino.

Otra pausa. Luego agregó en voz más baja, más rota.

—Tengo miedo de hacerle lo mismo que mamá le hizo a papá.

Las palabras me salen como un nudo que llevaba días apretado. Un peso que no esperaba estar sosteniendo todo este tiempo. Jack suspira del otro lado. Sé que entendió sin que tenga que explicar más. Él vivió la misma historia.

—Fifi… tú no eres mamá. Tú construyes a las personas que amas, incluso cuando te rompes un poco en el proceso.

—¿Y si no lo sé? ¿Y si solo estoy repitiendo lo aprendido?

—Mira, lo que mamá hizo fue pensar en sí misma y tomó una decisión egoísta que nos afectó a todos. Tú no estás haciendo eso. Tú estás preocupada por no hacerlo. ¿Entiendes la diferencia?

Me paso una mano por el rostro. Sintiendo las lágrimas caer.

—Yo solo no quiero que me ame a costa de sí mismo. Ni que se quede por obligación.

—Y por eso eres tú—Jack me reclama—. Porque tú amas con valentía, no con miedo. Felicity, si él elige ir contigo, entonces es suyo el riesgo. Y si se queda, entonces tú sigues. Pero no cargues con lo que no te corresponde.

Me quedo en silencio, tragando emociones como si fueran piedras. Jack habla otra vez, con esa voz que solo saca cuando intenta que yo entienda lo que él me dice.

—¿Te acuerdas la última vez que te vi? Tenías diecisiete, tu maleta rota, subiéndote a ese tren sola con dirección a París. Me despedí de ti con el estómago hecho un nudo, pensando que estabas demasiado chiquita para todo eso. Pero tú... tú te fuiste como si te estuvieran esperando desde siempre. No te detuviste ni una vez.

Me río entre lágrimas. Recordando ese tiempo que se siente una eternidad atrás.

—Estaba muerta de miedo —le respondo.

—Lo sé. Pero lo enfrentaste igual. Eso es lo que siempre has hecho. Así que hazlo otra vez. Camina sin miedo, sin culpa por lo que amas.

Cierro los ojos, sintiendo el consejo entrar a mi alma.

—Gracias, Jack.

—Para eso estoy. Bueno, eso y recordarte que, si Jay no va, lo traes de visita cada seis meses para que no se te olvide que Puerto Rico existe.

—Claro que sí.

—Y, Fifi...

—¿Sí?

—Tú mereces que te amen sin que eso sea una carga. Recuerda eso.

Afirmó, aunque no puede verme.

—Te amo.

—Y yo a ti. Nos vemos pronto.

Cuelgo la llamada y me quedo ahí, en ese banco. El silencio que queda no es incómodo. Es suave. Como una sábana liviana en medio de la brisa. Jack tiene razón. Yo ya he caminado con miedo antes, pero esta vez, no solo dejo un lugar; Dejo una historia que nunca quise que acabara así. La plaza se envuelve en esa luz naranja que lo tiñe todo de despedida. El viento sopla más suave ahora, como si también necesita descanso. Cierro los ojos un momento, dejando que el aire me atraviese sin prisa.

Entonces la campana de la torre suena. Esa campana que tantas veces sonó como fondo mientras caminaba sin pensar. Hoy me llega distinta. Más que un aviso de hora parece una nota sostenida en el tiempo. Miro hacia la torre. No sé por qué me conmueve. Es solo una campana, pero me sacude por dentro. Tal vez porque me recuerda a él. A su manera de mirar el mundo como si supiera que no está solo. A cómo hablaba de Dios como quien habla con alguien que conoce desde niño. A cómo oraba en silencio, sin que nadie lo viera, como si eso bastara para sostenerlo.

Yo nunca tuve eso. Ni palabras, ni fe. Solo dudas disfrazadas de cinismo. Pero verlo a él creer… me hizo preguntarme si tal vez, solo tal vez, algo de eso también pudiera alcanzarme a mí. No para encontrar respuestas. Solo para no sentir que lo estoy soltando al vacío. Miro mis manos sobre las piernas, como si esperara que supieran qué hacer. Entonces, sin pensarlo, susurro:

—Dios… No sé si sabes quién soy. Nunca te he hablado, y no sé si puedo. Pero si alguna vez escuchas a gente como yo…solo pido… Cuida a

Jay. No de mí, sino de todo lo que pueda alejarlo de lo que ama. Él cree en ti, de verdad. Y aunque no é si estás aquí, su fe me ha sostenido más veces de las que él sabe. Guíalo bien. Ayúdalo a saber quién es, incluso si eso significa alejarse de mí. Y si yo no soy parte de su camino… dame la fuerza para no detenerlo.

CAPÍTULO VEINTINUEVE

Jay

El cuarto estaba oscuro, solo iluminado por el resplandor sutil de la computadora. Afuera, el amanecer filtraba franjas naranjas por la ventana cerrada, un contraste con el peso en mi pecho. Estoy acostado, con mis manos jugando con mi cadena y mirándola. Era temprano, no porque me levantara, sino porque no podía dormirme. El silencio que había no era incómodo; era del tipo que llega después de una tormenta. Estaba agotado, desgastado, tanto física como emocionalmente. Pero en medio del cansancio, había claridad y una paz extraña.

La cadena plateada con la pequeña cruz brillaba bajo la luz del sol que se colaba por la ventana, atrapando mi mirada mientras se balanceaba entre mis dedos. Quiero recordarme lo que significa, me preocupa que no vaya a cumplir las promesas que hice con mis padres. Esta cadena siempre fue un símbolo de mi fe, pero ahora se siente como un peso. ¿Me sostendrá en esta decisión, o será el recordatorio de la decepción que tendrá mi madre? Dejé que la cadena descansara sobre mi pecho y tomo mi teléfono. Marco el número y escucho la llamada entrar, pensé en lo que venía después, en aceptar la alegría y el dolor que vendrían con esta decisión.

Miro mi teléfono, mi pulgar flota sobre el nombre de mi madre, y un escalofrío me recorre la espalda. Inhalo profundamente, tratando de calmarme. No hay una forma fácil de hacer esto. No existen las palabras perfectas para que sea menos difícil. Finalmente, antes de pensarlo demasiado otra vez, presiono el botón de llamada. El timbre apenas dura un segundo antes de que la voz de mi madre llene la línea, cálida y afectuosa como siempre.

—¡Mi doctorcito! ¿Cómo estás, mi amor? Es temprano, ¿todo bien?

Tan solo oír su voz y ya mi garganta se seca. El apodo familiar ahora me desespera por dentro, haciendo que esta conversación se sienta aún más difícil. Intento sonreír, aunque sé que ella no puede verme. Suelto una pequeña risa, tratando de suavizar la conversación.

—Sí mami, todo bien. Solo… necesitaba hablar contigo de algo importante.

Su tono cambia un poco, con una curiosidad mezclada con su preocupación maternal.

—¿Sí, mi amor? Dime.

Mi pecho se siente pesado, como si cada palabra que estoy a punto de decir añadiera un nuevo peso sobre mí.

—Mami… llevo tiempo dándole vueltas a esto —Hago otra pausa. Mis dedos aprietan la sábana. —No voy a seguir en medicina.

El silencio que sigue es más frío que cualquier regaño. Siento que mi corazón late tan fuerte que ella podría escucharlo a través del teléfono.

—¿Cómo que no? —responde al fin, con una mezcla de sorpresa y miedo—. ¿Y todo lo que has hecho para que llegues hasta aquí? ¿Tantos años, mijo?

—Me ofrecieron para ser pastor titular en la iglesia… y lo voy a aceptar.

Las palabras flotan, como si el aire se espesara. Cierro los ojos esperando la reacción.

—Mijo… ¿y de qué vas a vivir con eso? —su tono parece más preocupado que enojado—. La medicina te aseguraba un futuro. Esto… esto no.

—Lo sé —respondo con voz temblorosa—. Yo también tengo miedo. Pero por primera vez, siento paz al imaginar este camino. No es dinero lo que me mueve, mami. Es… es que siento que Dios me está llamando.

—¿Desde cuándo sientes esto, mijo? —me pregunta.

—Ha llovido —bromeo, tratando de contener las lágrimas —Lo sentí por primera vez cuando fui al retiro de Jayuya, pero lo ignoré. Pensé que era solo un pensamiento pasajero, algo que con el tiempo desaparecería. Pero nunca se fue, mami. En cada paso que he dado, en cada decisión, siempre ha estado ahí, en el fondo.

Mi madre suspira, y puedo imaginarla sentada en el sofá de la sala, completamente decepcionada de mí.

—Pero, mi amor… tanto que has trabajado para ser doctor —dice al fin, más suave—. ¿No te duele dejarlo atrás?

—Me duele… y me da miedo. Pero más me duele pensar que ignore este llamado. Y no quiero que sientas que todo lo que hicieron por mí fue en vano.

Ella guarda silencio por unos segundos más, y no puedo soportar la realidad de que los estoy defraudando.

—Sé que ustedes han sacrificado tanto para que yo tuviera esta oportunidad y ahora les estoy diciendo que quiero algo diferente. Que mi camino no es el que todos pensaban que sería. —le digo, conteniendo el nudo en mi garganta.

La línea se queda en silencio unos segundos eternos. Respiro hondo, listo para lo peor. Entonces, su voz llega cálida, inesperadamente suave.

—Mijo… ¿crees que trabajamos duro para que fueras doctor? —Suelta una risa suave y tierna. —Mi amor, nosotros trabajamos duro para que hicieras lo que amas. Para que pudieras elegir el camino que te haga feliz. Si esto es lo que tu corazón quiere, entonces ya estás cumpliendo nuestro sueño.

Mis ojos se abren con sorpresa, mi aliento se paraliza por su respuesta.

—¿En serio…? ¿De verdad no están decepcionados?

—¿Cómo vamos a estar decepcionados, Jay? —Su voz se quiebra un poco, y sé que está conteniendo las lágrimas tanto como yo. —Estamos tan orgullosos de ti. No porque ibas a ser doctor, sino porque eres un hombre que sigues tu corazón. Eso vale más que cualquier título que el mundo te pueda dar.

Algo dentro de mí se rompe. Es como si hubiera estado sosteniendo un peso imposible y, de repente, se hubiera evaporado. Un sollozo me sacude, inesperado, liberador. Me cubro la cara con una mano, intentando contenerlo… pero no puedo. Las lágrimas caen, no de tristeza, sino de un alivio tan inmenso que apenas puedo respirar.

—Mami… —Mi voz se quiebra —No sabes cuánto necesitaba escuchar eso.

Exhalo profundamente, sintiendo cómo cada palabra de mi madre sana heridas que ni siquiera sabía que tenía. El alivio llega como una ola, pero justo cuando empiezo a respirar, otra verdad me ahoga. Esta conversación fue difícil, pero decírselo a Felicity… eso me va a destruir.

—Siempre, mi amor. —Se queda en silencio por un momento antes de preguntar—¿Y ahora qué vas a hacer?

—Bueno… también tengo que hablar con Felicity —Suelto su nombre sin pensarlo, recordándome que nunca he hablado de ella a mami.

Mi madre se ríe, con ese tono que solo usan las madres cuando están por entrometerse.

—¿Y quién es esa?

Me río con nerviosismo, pero no me molesto. Le cuento todo en palabras breves: cómo la conocí, cómo ha cambiado mi vida, lo importante que es para mí. Cuando termino, mi madre suspira con cariño.

—Ay, mijo. No sé qué te dirá esa muchacha, pero lo único que puedo decirte es lo mismo que te dije ahora. Sigue tu corazón y sé honesto. Si ella realmente te quiere, querrá lo mejor para ti de la misma manera que tu quieres lo mejor para ella.

Sus palabras me dan tanto paz como un poco de ansiedad. Me quedo en silencio, procesando todo.

—Lo sé, gracias mami. Te amo

—Para eso estamos, mijo. Y no esperes mucho, algunas cosas no pueden quedarse en el aire. Te amo.

Es la idea de que la única opción para quedarnos juntos ya no existe, y tengo que aceptar la realidad. Mañana es la última noche que estaré con Felicity antes de que se vaya. El pensamiento me pesa. Cada minuto que pasa siento que me roban algo, como si el reloj se burlara de mí, recordando que no importa cuánto la quiero, el tiempo igual se nos acaba.

Cuelgo el teléfono y me quedo sosteniéndolo en mi mano, como si aún sintiera la calidez de su voz. Un suspiro se escapa de mis labios, pero en lugar de alivio, me inunda una mezcla de emociones imposibles de separar. El peso de la conversación con mi madre se ha aligerado, pero en su lugar, otro nudo se forma en mi pecho. Me paso las manos por la cara, intentando calmar el temblor en mis dedos. No quiero despedirme, pero sé que debo hacerlo.

Mañana, la veré rodeada de amigos, sonriendo bajo las luces de su despedida. Será su última noche aquí, la última vez que la tendré cerca. Luego, su vuelo la llevará de regreso a una vida en la que yo no estaré.

Capítulo Treinta

Felicity

La maleta estaba casi llena, pero mis manos seguían aferrándose a objetos que no podía soltar. Cada prenda, cada libro, cada nota arrugada parecía un ancla a este lugar, un intento desesperado de detener el tiempo. Mi cuarto, que por meses fue mi refugio, ahora se veía como una historia desmontada, un testimonio de los momentos que pronto dejarían de existir.

Doblo una camisa vieja que ni siquiera planeaba llevarme, pero la sostengo en mis manos cuando veo una mancha de pintura en la manga. Me río suavemente, recordando aquella tarde en la que Vilma insistió en decorar la casa con nuestras propias manos y terminamos cubiertas de más pintura que las paredes. Mi libreta de apuntes en la mesa de noche está abierta en una página con anotaciones sobre los arrecifes en Culebra. Me acuerdo del día en que le conté a Jay sobre lo que encontré y cómo sus ojos brillaron mientras me escuchaba hablar por horas de arrecifes que él no tenía idea ni de cómo pronunciar.

Mi mano encuentra un pequeño papel doblado en una gaveta. Una nota escrita con la letra descuidada de Jay, un mensaje que me pasó en nuestra clase de natación: *"Para la próxima, que el océano te enseñe a llegar a tiempo."* Cierro los ojos y sonrío, conteniendo la oleada de emociones que amenaza con desbordarse.

Tres golpes suaves en la puerta me arrancan de mis pensamientos. Ya tengo una sonrisa en mi rostro porque ya sé quién es. Abriendo la puerta, nuestras miradas se encuentran. Viendo sus ojos, sé que algo ha cambiado. Algo en la forma en que sus labios se presionan, en cómo sus ojos oscuros buscan los míos con esa intensidad que siempre parece desarmarme.

Se me acerca y me da un abrazo. Un abrazo tan fuerte que me levanta del suelo. Dándome vueltas por el cuarto como si estuviéramos en una montaña rusa. A pesar de todo, Jay siempre encuentra la forma de hacerme sentir amada.

—Terminaste de empacar —me pregunta, mientras me vuelve a poner en el suelo.

—Casi… es que hay tantas cosas que quiero llevar.

—Dale, te ayudaré entonces.

Y así mismo hizo. Durante media hora, estuvimos acomodando ropa, riéndonos sobre las cosas que Jay encontraba entre los libros y la ropa arrugada. Hacía chistes, me mostraba cosas tontas, pero esa sombra en sus ojos no se iba. Aún así, siento la tensión en él. Como si estuviera cargando algo más que las mochilas.

—Jay, ¿estás bien?

Se detiene. Me mira por un segundo largo, como si estuviera buscando en mi cara el momento exacto para romperme el corazón. Exhala y se sienta en el borde de la cama. Su silencio es más elocuente que cualquier palabra. Me siento a su lado, tomándole la mano.

—Feli... me ofrecieron un nombramiento como pastor titular... aquí.

Mi respiración se detiene un segundo.

—¿En serio? —pregunto, sin saber qué otra cosa decir.

Él afirma con lentitud, la mirada clavada en el suelo.

—La Conferencia... me quiere aquí. Y aunque me duele en lo más profundo, sé que es donde tengo que estar.

Sus palabras no caen como un golpe seco. Son como una grieta que se va abriendo poco a poco, dejando pasar el frío. Algo dentro de mí se encoge, y por un momento solo puedo mirar sus manos, sus dedos entrelazados con los míos, como si ambos supiéramos que pronto tendríamos que soltarlos.

Jay no es el tipo de persona que corre. Nunca lo ha sido. Y esa firmeza, esa lealtad a su llamado... es exactamente lo que me hizo enamorarme de él. Pero ahora, esa misma fidelidad es la que lo aleja de mí.

Acaricio su mano, buscando consolarlo, aunque en el fondo intento no romperlo yo también.

—Lo entiendo —digo, forzando una sonrisa que no me llega a los ojos—. Y estoy tan orgullosa de ti. Sé que serás un excelente pastor.

Pero por dentro, acabo de perder algo que no sé si volveré a encontrar. Sus ojos buscan los míos, como si estuviera buscando seguridad, permiso o súplica. Pero no lo dejaré ver. Si esto es lo que necesita hacer, no seré yo quien lo detenga.

—Siempre te voy a amar—dice, su voz quebrantada.

Seco las lágrimas que bajan por sus mejillas, mientras trato de contener las mías. Me levanto de la cama y le extiendo mi mano. No quiero que nuestra última noche sea así. No llena de tristeza ni arrepentimientos.

—Bueno, si esta es nuestra última noche, vamos a hacer que valga la pena.

Jay saca una sonrisa lenta. Un poco triste, pero sigue siendo una sonrisa.

—Okay, vamos a disfrutar

Toma mi mano y nos dirigimos hacia la sala donde nos encontramos con Vilma, brazos cruzados, con una mirada que mezcla diversión y reproche.

—Ya era hora que salieran—dice con una sonrisa.

—Perdón por el otro día, Vilma. —Jay le dice a Vilma

Ella lo observa por un momento, luego inclina la cabeza con una sonrisa traviesa.

—Está bien tipo, estabas sentimental. Te lo dejo pasar esta unica vez, pero la próxima, prepárate.

Los miro a ver si pueden ponerme al día.

—¿Qué pasó? —pregunto a Vilma

—No te preocupes Feli. Jay solo siendo... Jay.

Él lanza un suspiro y rueda sus ojos. Vilma comienza a reírse

—¿Vamos a estar hablando estupideces o vamos a disfrutar hoy? —Vilma responde.

Alzo mis manos en afirmación y ahí escucho entrar a Clémence y Richard y unas cuantas amistades. Estamos las próximas horas llenando el tiempo de recuerdos, historias y bromas compartidas. Cada risa, cada broma, cada canción improvisada hace que la noche pase rápido. Luego de que Vilma termina su canción de karaoke y se sienta a lado de nosotros, su energía es igual de intensa desde que comenzó la fiesta.

—Mano, te acuerdas cuando estuviste horas más que pensando en qué escribirle a Felicity

—Vilma, por favor —responde Jay, tapando su cara de vergüenza.

—¿Qué? Si es verdad. Te rompías la mente con un simple mensaje de texto. Gracias a Dios que lo hiciste.

No puedo contener mi risa al mirar las mejillas rojizas de Jay. Recordando todos esos momentos en los que él parecía dudar de cada paso que daba. Miro a Clémence salir de la cocina con una sonrisa juguetona, lanza un chocolate hacia nosotros para captar nuestra atención.

—Oh, mon amour, déjame decir que me disculpo por haberme interpuesto... aunque, si lo piensas, tal vez te ayudé a que dejaras de ser tan cerrada.

Me guiña un ojo, y no puedo evitar soltar una pequeña risa. Aunque Jay, se aclara la garganta y sacude la cabeza con una pequeña sonrisa incómoda.

—No sé si agradecerte o darte una galleta por eso, Cleme. — le digo.

—Oye, ten misericordia. Admito que fue cruel de mi parte, pero mira dónde estamos ahora. Todo resultó como debía ser, ¿no?

Miro a Jay de reojo y me encuentro con su mirada. Por un segundo, estamos en un mundo aparte, donde todo lo que pasó, bueno y malo, nos llevó hasta aquí. Richard alza su vaso, llamando la atención de todos.

—Oye, yo pensaba que Jay no iba aguantar la intensidad de Feli. Pero me alegra haberme equivocado. Ustedes encajan más de lo que me hubiera imaginado.

Miro a Jay, y él me mira a mí. No decimos nada, pero nuestros ojos hablan por nosotros. Es un lenguaje silencioso, construido en miradas, memorias y lo que no nos atrevemos a decir. Aunque estamos felices de todo lo que vivimos, cada risa que compartimos esta noche, cada broma que se cuenta nos recuerda, con una ternura cruel, todo lo que estamos dejando atrás. Y, aun así, me obligo a sonreír. Porque quiero recordar esta noche así: con alegría, con luz, con la gente que amo.

Pero por dentro, hay una cuenta regresiva que no puedo ignorar. Cada minuto que pasa es un hilo más que se corta. Y aunque quiero vivir el momento, cada carcajada me suena lejana, como si la escuchara desde una habitación cerrada. Estoy aquí... y al mismo tiempo no. Parte de mí ya está despidiéndose. Parte de mí ya siente la ausencia que se avecina.

La noche avanza y uno a uno, mis amigos comienzan a despedirse. Cada adiós es un pequeño golpe en el pecho. No es un golpe fuerte, no es violento. Es sutil, pero constante. Como si mi corazón se fuera llenando de grietas invisibles. Cada abrazo, cada palabra de aliento, cada mirada triste intentando ser fuerte... es un recordatorio de que todo está cambiando. Y de que no hay manera de detenerlo. Clémence se acerca y me abraza con fuerza.

—Me avisas cuando visites Francia para vernos de nuevo

—Claro que si, Mon chéri

Ella sonríe, pero antes de irse se acerca a Jay. Él la mira con serenidad, y después de un breve silencio, Jay le dice en voz baja.

—No olvides vivir para ti.

Clémence parpadea, sorprendida, y una sonrisa pequeña le suaviza el rostro.

—Gracias, Jay.

Se abrazan rápido, como si no hiciera falta decir nada más. Cuando ella se aleja, un calor extraño se forma en mi pecho. Verlo así, cuidando de otros con tan pocas palabras, me recuerda por qué confiar en él siempre se siente seguro.

Richard se acerca con esa sonrisa despreocupada que siempre parece esconder algo más profundo. Me abraza con fuerza, dándome esas palmadas torpes en la espalda que son su manera de decir que me va a extrañar más de lo que quiere admitir.

—Sigue tu sueño, Feli —me dice al oído—. Nunca dejes de luchar por lo que quieres, ¿okay?

Asiento, mordiéndome el labio para no dejar escapar las lágrimas.

—Y tú… hazlo también —le digo, con una sonrisa temblorosa—. No te quedes esperando, Richard. Ve por lo tuyo.

Por un segundo, su mirada es sincera, y asiente en silencio. Él me da un último apretón en los hombros y luego se gira hacia Jay. Choca su puño con el de Jay, su lenguaje corporal más callado de lo usual. Se acercan, y Richard le dice algo en voz baja. Jay se ríe, negando con la cabeza, como si ya supiera lo que venía. No escucho lo que le dice. La expresión de Jay se suaviza. Una de esas sonrisas que parecen contener gratitud, nostalgia y una pizca de resignación.

—¿Qué te dijo? —le pregunto, una vez Richard se despide y cruza la puerta.

Jay me mira, su sonrisa aún en el rostro. Se encoge de hombros y me da un leve apretón en la mano.

—Nada importante.

Pero por la forma en que lo dice, sé que sí lo fue. Solo que no está listo para compartirlo… o quizás, simplemente quiere guardarlo. Y lo dejo así. Porque hay cosas que, incluso en el amor, necesitan su propio silencio.

Vilma, con los ojos brillantes y una sonrisa triste, me abraza fuerte y me susurra:

—Te voy a extrañar

—Quédate pendiente de Jay, ¿Okay? —le suplico, mi voz rompiéndose al preguntar.

Vilma me aprieta con más fuerza

—Claro que si no te preocupes. —me afirma

Cuando la sala por fin está vacía, el silencio se siente pesado. La ausencia de voces y risas deja un eco en la casa, un vacío que me recuerda que cada minuto que pasa es uno menos. Miro a Jay, sintiendo la presión de la despedida que llegara. Ninguno de las dos hablas al principio, como si el peso del momento nos impidiera encontrar las palabras correctas. Sin decir nada, caminó hacia mi habitación, sabiendo que él me seguirá. Cada paso se siente más difícil que el anterior, como si mi cuerpo intentará aferrarse al tiempo que se nos escapa. Cuando finalmente cerramos la puerta detrás de nosotros, el aire cambia. Ya no hay distracciones, solo nosotros dos, enfrentando la inevitable realidad de que estas son nuestras últimas horas juntos.

Jay

Me acomodo en la cama, dejando escapar un suspiro mientras Felicity se mueve por la habitación. Su presencia lo llena todo, como si cada rincón de este espacio llevará su esencia. La música comienza a sonar por las bocinas, una melodía de piano que me resulta familiar. Me recuerda la primera vez que estuve aquí, tocando para ella sin saber que esos acordes quedarían grabados en mi memoria.

Felicity se sienta a mi lado, sonriendo mientras habla de la noche, de lo bien que la paso. Escucho sus palabras, pero mi mente está en otra parte. En cómo la luz de su lámpara resalta los tonos dorados de su pelo, en la forma en que sus labios se curvan cuando se ríe. En cómo, a pesar de todo, a pesar de la despedida que nos atormenta, ella sigue siendo el caos hermoso que me atrapó desde el principio. Nunca he amado a nadie como la amo a ella.

—¿Tú crees que vamos a estar bien? —Felcity pregunta de repente, bajando la mirada.

La pregunta me tomó por sorpresa. No porque no la esperara, sino porque yo también la he hecho mil veces.

—No sé —respondo con sinceridad—. Pero quiero creer que sí. Que esto que fuimos, lo que somos, no se va a romper por la distancia.

Ella asiente lentamente, pero sus ojos no se despegan de sus manos.

—A veces tengo miedo de que algún día solo seamos un recuerdo bonito. Una historia que me dé nostalgia, pero ya no me duela.

—Puede ser —le digo—. ¿Quizás eso es lo que terminamos siendo? No digo que lo quiera. Solo que… si vamos a terminar siendo un recuerdo, quiero que sea uno que no me arrepienta de haber vivido.

Felicity respira hondo, como si mis palabras le dolieran y la consolaran a la vez.

—Lo eres, ¿sabes? —dice con voz baja—. Mi recuerdo favorito.

Nos quedamos así, por un momento, sin decir nada. Dos personas que se quieren tanto, pero que no pueden detener lo inevitable. Un amor que llegó en el momento justo, aunque se vaya en el momento más difícil.

El silencio cae entre nosotros, más fuerte que cualquier conversación que hayamos tenido en toda la noche. No es incómodo, es cargado. Felicity se mueve hacia mí, un gesto sutil, pero suficiente para que mis instintos reaccionen antes que mi mente. Mi mano encuentra la suya, nuestros dedos entrelazándose con naturalidad, como si siempre hubieran pertenecido juntos. Me da un leve apretón, un reconocimiento silencioso de todo lo que hemos pasado, de todo lo que sentimos y no hemos dicho en voz alta.

Levanto la vista y la encuentro mirándome. No hace falta decir nada, una sola mirada y sé que sentimos la misma tensión entre nosotros. Nos inclinamos, despacio, con cautela, como si estuviéramos probando el peso de este momento, como si temiéramos que se rompiera si nos movemos demasiado rápido.

Nuestros labios se encuentran. Es un roce tímido, casi un susurro. Pero en el momento en que nuestras respiraciones se mezclan, el beso se transforma. Desesperado, profundo, cargado de todo lo que hemos reprimido. Mi mano se enreda en su cabello, atrayéndola más cerca, como si pudiera sostenerla en este momento para siempre. Sus dedos trazan líneas sobre mi cuello, como si intentara memorizar con cada toque. Mi corazón late con fuerza en mi pecho, cada fibra de mi ser gritando que la sostenga, que no la deje ir, que la ame en este instante como si el tiempo no existiera.

Felicity está tan cerca que el calor de su piel me envuelve. Sus dedos tiemblan al deslizarse de mi cuello a mi pecho, desabrochando los botones de mi camisa. Hay una intensidad entre nosotros y, por primera vez, no quiero pensar, solo sentir. Mis labios aún siguen pegados a los de ella, mis manos agarrando su cuello. Todo en mi cuerpo me grita que no me detenga, que me deje llevar por el momento, por ella.

Pero entonces, la grieta aparece. No en ella, no en su tacto ni en su beso, sino dentro de mí. Mi mente grita lo que mi cuerpo no quiere escuchar. Si cruzo esta línea, nunca podré dejarla ir. Nunca podré alejarme de ella. No quiero traicionarla… o traicionarme a mí mismo.

Mis manos, que la habían sostenido con tanta certeza, ahora tiemblan. Me obligó a separarme, aunque duele como si me estuviera rompiendo en dos. Mi cuerpo clama por ella, por esta conexión que es tan intensa que me deja sin aliento, pero mi mente me recuerda la realidad de mi promesa, la realidad de lo que siempre he querido. Con un temblor en la mano, me apartó sutilmente, respirando con dificultad. Mis ojos se clavan en los de Felicity, buscando las palabras correctas, pero solo encuentro el miedo de perderla antes de tiempo.

—Perdón —susurro.

—No esta bien. ¿Hice algo mal? —me pregunta, sus ojos llenos de preocupación que me rompe el alma.

—No, no... es que ... si dejo que esto pase... lo dejaré todo por ti.

Felicity me mira en silencio, sus ojos azules analizando cada rincón de mi rostro. Sus ojos se suavizan. No está molesta, no está herida, solo triste. Y esa tristeza me destruye por dentro. Con un suspiro, Felicity alza la mano y con ternura acaricia mi rostro, regalándome una sonrisa.

—Lo entiendo —dice, con una suavidad que me dan ganas de llorar —Pero... quédate, por solo una noche. Quiero gastar cada minuto que me queda contigo.

—Si, eso suena bien.

Felicity apoya su cabeza en mi pecho, su respiración tranquila, pero su agarre en mi camiseta es fuerte, como si tuviera miedo de que, si me suelta, desapareceré. Me hundo en su ligera fragancia a jazmín, en la calidez de su cuerpo, en el peso de su presencia junto a mí. Quiero grabarlo todo en mi memoria, porque mañana solo me quedará el recuerdo.

Pasan los minutos, los últimos momentos compartidos en una noche que ninguno de los dos olvidará jamás. Mientras la respiración de Felicity se pone lenta, yo permanezco despierto, mirando el techo. Sé que mañana llegará, y con él, la despedida que he estado temiendo. Exhalo profundamente, dejando que el sueño me domine, permitiéndome estar en paz solo por esta noche... con ella.

CAPÍTULO TREINTA Y UNO

Jay

Me estaciono en los parkings del aeropuerto, con el corazón latiendo tan fuerte que estaba seguro de que Felicity podía escucharlo. Al bajar del carro, la ayudo a sacar las maletas del baúl, mi alma sintiéndose más pesada que cualquier maleta que exista. El sonido de las ruedas rodando por la acera resonaba a nuestro alrededor, mezclados con el murmullo de los pasajeros y los anuncios de los vuelos despegando y aterrizando. Era alrededor de la una de la tarde, y aunque el sol brillaba alto, el día se sentía gris, casi nublado, como si algo dentro de mí filtrara toda la luz. Todo parecía tan irreal, como si estuviera viendo una película sin ser realmente parte de ella.

Miro a Felicity y noto cómo sus manos temblaban mientras sujetaba el mango de las maletas. Se esforzaba tanto en mantenerse firme, en forzar una sonrisa que no llegaba a sus ojos.

—Creo que tengo todo —dijo con voz suave, evitando mi mirada mientras acomodaba su equipaje.

El aire se siente denso, cada respiro es más difícil que el anterior. Mi pecho sube y baja de manera errática, como si mi cuerpo supiera que estoy a punto de perder algo que no tiene reemplazo. Aprieto los puños, resistiendo el impulso de detenerla, de rogarle que se quede, pero me obligo a seguir sonriendo por ella.

—Dame una maleta, te acompaño a darle check in —le igo.

Caminamos juntos hacia el mostrador de la aerolínea, los dos en silencio. Mis pensamientos eran un revolú, sentía una presión en el pecho, una tristeza tan profunda que se me hacía difícil respirar. Cada paso que tomábamos me acercaba más a un adiós que no quería decir.

Al llegar al mostrador, me detengo por un instante. Observó cómo Felicity entregaba sus maletas, su rostro mostrando una mezcla de nervios y emoción. Aproveché ese momento para memorizar cada detalle de ella; como su cabello despeinado, la forma en que mordía suavemente su labio cuando estaba nerviosa.

Finalmente, mientras esperábamos que la empleada terminara con las maletas, nuestras miradas se encontraron. Por un instante, el dolor desapareció, y solo quedaba el recuerdo de todo lo que habíamos enfrentado juntos. Y en ese momento, a pesar de todo el dolor, nos permitimos una sonrisa, reconociendo en silencio todo lo que habíamos vivido.

Con las maletas ya procesadas, nos sentamos en silencio en la entrada del TSA del aeropuerto, esperando el anuncio de abordaje para el despegue. El silencio tan era pesado como confortante. Agarrados de las manos, tratamos de alargar estos últimos momentos juntos, sin querer soltarnos todavía.

—Hablé con mi mami —me dice, con sus ojos brillando con una esperanza que no le había visto antes —Planeamos encontrarnos cuando llegue a casa.

—¡Qué bueno, Feli!

Siento tanto orgullo por ella. Sé que es difícil este proceso y verla abrirse me hace tan feliz.

—Aún falta mucho para arreglar todo —admitió en voz baja—.Dudo que vuelva a ser como antes… pero es un comienzo.

—Lo importante es que estás dando ese paso. Y eso ya significa mucho.

Ella sonríe, acariciando con sus dedos mis manos con delicadeza.

—¿Y tú? ¿Qué sigue para el futuro pastor Jay?

Solté una risa, sintiendo que los nervios corrían por mi pecho.

—En verdad, empecé a llenar la solicitud para la maestría en Divinidad. Tengo miedo, pero vamos pa'lante.

La cara de Felicity se ilumina, sus ojos brillan y una sonrisa gigante aparece.

—¡Wow! Vas a ser increíble, Jay—me dice, su voz motivándome a enfrentar mi próximo reto.

Ninguno de los dos quería reconocer lo rápido que el tiempo se nos escapaba, pero ya no es tiempo de pensar en eso. Suelto la mano de Felicity, sintiendo cómo se forma un nudo en mi pecho, como si mi corazón cuestionara lo que estoy a punto de hacer. Mis dedos tiemblan al encontrar el gancho de la cadena de plata alrededor de mi cuello. La cadena, ese accesorio que me ha acompañado en cada dificultad, cada triunfo, cada cambio de mi vida. Siempre ha sido mi ancla, el recordatorio de quién soy y quién estoy esforzándome por ser. Quitármelo se siente casi como renunciar a una parte de mi identidad, dejándome expuesto y vulnerable de una manera que nunca había experimentado.

Tomo de nuevo la mano de Felicity, y su mirada bajó hasta el pequeño espacio que nos une. Sus ojos se abren mientras coloco la cadena en su palma con delicadeza. Sus dedos se cierran alrededor de él, pero de inmediato intenta devolverlo, sacudiendo la cabeza.

—Jay… no puedo —susurra, su voz quebrándose. Sus ojos brillan con lágrimas contenidas mientras aferra la cadena con fuerza —No puedo aceptar esto.

El ardor detrás de mis propios ojos amenaza con desbordarse. Pero logro proyectar una sonrisa. Mi corazón se fragmenta, pedazo a pedazo, pero estoy decidido a dejarle parte de mí. Algo tangible que pueda sostener a pesar de la distancia que nos separará.

—Cuando nos volvamos a ver… me lo devuelves.

Mis palabras quedan suspendidas en silencio. Ya no es solo una cadena. Se ha convertido en una chispa de esperanza, en un deseo de que algún día, de alguna manera, nuestros caminos volverán a cruzarse. Sus ojos comienzan aguarse y las lágrimas corren por sus mejillas. Su labio tiembla, y tiene una lucha en su mirada. Finalmente, con un suspiro, lo aferró contra su pecho.

—¿Valió la pena confiar en mí? — le pregunto.

Felicity frunce el ceño, confundida entre el llanto.

—¿Qué? ¿Por qué dices eso?

—Bueno… —intento sonreír, aunque se siente torpe, frágil—eso fue lo que me dijiste aquella vez, ¿te acuerdas? En la noche de salsa. La verdad es que no entendí nada en ese momento, pero ahora… solo quería saber si valió la pena.

Felicity deja escapar una pequeña risa entrecortada, ahogada por las lágrimas. Sus ojos brillan cuando me mira, y asiente con un movimiento tembloroso.

—Sí, Jay. Cada segundo lo valió.

Nos reímos los dos, rotos y llorosos, como si esa fuera la única forma de no desmoronarse por completo.

—Gracias, Jay, gracias por todo. —me dice, su voz áspera —Nunca olvidaré lo que hiciste por mí, lo que significas para mí.

Intento tragar el nudo que se forma en mi garganta, luchando por mantener mi voz estable mientras la miro.

—Feli, yo debería ser el que te da las gracias —le digo, sintiendo cómo cada palabra lleva consigo un pedazo de mi alma. —Me enseñaste que merezco ser amado.

—Y siempre serás amado, nunca lo olvides.

La voz del aeropuerto rompe nuestro momento, anunciando la llamada para abordar. Mi corazón se detiene por un instante, la realidad golpeándose a ambos con fuerza.

Sin decir otra palabra, nos levantamos y caemos en un abrazo profundo, como si pudiéramos retrasar lo inevitable aferrándonos el uno al otro. Grabo en mi memoria cada detalle: el aroma dulce de su pelo, el calor reconfortante de su cuerpo contra el mío, la manera en que sus brazos me rodean con firmeza, tratando de prolongar este momento.

Nos apartamos lentamente, apenas unos centímetros, mirándonos intensamente, nuestra mirada diciendo lo que las palabras no pueden. Me inclino suavemente hacia ella, cerrando los ojos mientras nuestros labios se encuentran en un último beso, cargado con toda la dulzura, el anhelo y el amor que compartimos. Es lento, suave, lleno de un amor incomparable y de tristeza.

Finalmente, la suelto con gran esfuerzo, mis manos temblando mientras me obligo a dejarla ir. Ella da un paso hacia atrás, sus ojos llenos de lágrimas, contradiciendo su sonrisa. Felicity da un paso, luego otro. Pero justo antes de cruzar el gate, su cuerpo titubea. Su respiración parece entrecortarse y por un instante, espero que se gire, que corra hacia mí, pero no lo hace. Aprieta la cadena en su puño, como si se obligara a seguir, y da el último paso. Justo cuando está a punto de desaparecer en la terminal, le gritó, sin importar quién me escuche

—¡Feli... Ich liebe dich!

Mi voz resuena en el espacio, cortando el aire, suspendiendo el tiempo. Felicity se detiene en seco. Su espalda se tensa, sus hombros se sacuden con una respiración ahogada. Lentamente, como si al moverse estuviera desafiando el destino, se gira. Cuando nuestros ojos se encuentran, encuentro su sonrisa, hermosa como la primera vez que la vi.

—Te amo también, Jay.

Su voz es suave, pero llega a cada parte de mí. Me aferro a esas palabras porque es lo único que me quedará de ella. Se gira y sigue hacia el terminal hasta que desaparece. Me quedo ahí, las manos en los bolsillos, sintiendo cómo su despedida se acomoda en mi alma. Y cuando ya no la puedo ver, cierro los ojos. No para olvidarla, sino para recordarla tal y como se fue: fuerte, libre, y amándome. Esto me duele, más de lo que jamás imaginé, pero, a pesar de eso, sonrío. Porque, aunque ya no estemos juntos, este amor me acompañará siempre. Y eso, por más que duela, es suficiente.

EPÍLOGO

Jay

El agua salada me quema los ojos mientras corto la ola, mi tabla deslizándose sobre el agua me recuerda cómo algo tan complicado se puede ver tan sutil. El sol brilla alto sobre mí, reflejándose en el agua, y durante esta rutina, me siento libre, sin responsabilidades, sin expectativas, dejando a un lado el caos de la vida. Hundo la mano en la corriente, ajustando mi equilibrio mientras otra ola se forma detrás de mí. Mis músculos arden, mi corazón late con fuerza, y con cada empuje contra el agua, mi pecho descansa. El agua ruge bajo mis pies, el viento corta mi piel mientras me impulso con más fuerza. Por este momento, no soy el pastor, el director de la feria de salud, manejador del grupo de adoración, solo soy Jay.

La ola me arrastra hasta la orilla, mis pies sintiendo la arena húmeda mientras llego a mi bulto. Trato de controlar mi respiración, con los brazos ardiendo por el cansancio, mientras guardo mis cosas. Consigo mi teléfono y encuentro una llamada perdida de mami. Le devuelvo la llamada mientras voy hacia mi carro

—Hola mi amor. Como esta… Dios mío, ¿tú sigues en la playa?

—Buenos días, Mami. —le digo, riéndome al imaginar el sonido del océano y el viento delatándome

—¿No se supone que deberías estar en la iglesia a esta hora?

Mirando al cielo, la posición del sol confirma que son como las nueve de la mañana. Sí… definitivamente debería estar llegando a la iglesia.

—Con calma, estoy en camino. La iglesia está a cinco minutos —le digo, entrando a mi carro y comenzando a dirigirme hacia la iglesia.

—Ajá, eso espero. ¿Y cómo va todo por allá?

—Va muy bien, ocupado. Dos bodas, tres bautismos y un montón de reuniones en los próximos meses.

—¡Wow, qué brutal! Dios te está usando grandemente —me dice, escuchando el orgullo en su voz.

—Sí y tengo un par de reuniones con algunos alcaldes para presentar la feria de salud para personas de bajos recursos. Y manejando el equipo de adoración

—Oye, ¿cuándo aprenderás a cogerlo suave? —me cuestiona

—Mami, tú me conoces. Hay cosas que nunca cambian.

Suelto una risa baja, mientras me estaciono al frente de la iglesia.

—Mi amor, estoy orgullosa de ti. Sigue así, te amo.

—Yo también te amo. Te dejo, ya llegué.

Cuelgo la llamada y suelto un suspiro antes de apagar el carro, apurándome para estar ready para el culto. Entrando a la oficina pastoral, voy al baño y me baño para sacar toda la sal de mi cuerpo. El agua caliente me despierta, dejando que el calor relaje los músculos. Este tiempo es un respiro antes de enfrentar el día. Me seco rápidamente y me visto. Camisa clerical vino, pantalón de vestir, cadena pectoral y los zapatos negros.

Salgo hacia la oficina, sentándome en mi escritorio. La iglesia está tranquila a esta hora de la mañana, los pasillos vacíos con par de líderes preparándose para el culto. Mientras repaso las notas de mi predicación, hay un golpe en la puerta.

—Adelante.

—Dios te bendiga, Pastor… ¿Puedo hablar con usted un momento?

Entra Lyanne, una joven de la iglesia que recién se graduó de la escuela superior

—Por supuesto, Lyanne —respondo —. ¿En qué puedo ayudarte?

—Es que voy a empezar la universidad la próxima semana… y, no sé, estoy emocionada, pero también tengo miedo. No sé si estoy lista para esto. ¿Y si fracaso? ¿Y si no encajo?

Suelto una sonrisa pequeña. Recuerdo esos sentimientos, la incertidumbre de dar un salto a lo desconocido.

—Lyanne, es normal sentirse así. Pero confía que todo saldrá bien. Si quiere podemos orar.

Ella me dice que sí y le pido que cierre los ojos y tomamos un momento para orar juntos. Pido a Dios que le dé paz y confianza, que le abra puertas y que la rodee con personas que la apoyen en este nuevo capítulo de su vida. Cuando terminamos, noto que su expresión es un poco más relajada.

—Gracias, Pastor… Ahora, necesito tu firma —me dice, sacando unos papeles del escritorio.

Me entrega unos documentos para la beca de la iglesia para su hospedaje. Mientras revisamos los requisitos, no puedo evitar soltar una risa cuando leo la cantidad que necesita para la renta.

—¡Eah! ¿Cuánto cuesta ese hospedaje? Si cuando me gradué lo que costaba era solo trescientos pesos.

Miro a Lyanne, quien me devuelve una mirada de burla.

—Te escuchaste como papi —me dice, tratando de contener su risa

—No soy tan viejo, aunque me imagino que ha subido la renta estos últimos diez años.

Terminamos de completar el formulario y le doy algunas recomendaciones sobre su transición a la universidad. Mientras se levanta para irse, la noto más tranquila, su confianza restaurada un poco.

—Gracias, Pastor.

—Aquí a la orden. No dudes en venir cuando necesites hablar o simplemente tomarte un café.

Ella confirma con una sonrisa y se va. Me recuesto en mi silla, tomando estos momentos pequeños y disfrutándolo. Son estas cosas pequeñas que me llenan de felicidad y satisfacción de lo que hago.

Salgo de la oficina y voy hacia el altar, saludando a los hermanos y hermanas durante el camino. El servicio está a punto de comenzar, y la música llena el espacio con esperanza y fe. Cada nota resuena en mi alma, en lo más profundo de mi ser. El sol se filtra a través de los cristales y de la puerta principal, bañando los bancos con su luz dorada mientras la congregación se acomoda y toman asiento.

Me dejo llevar por el momento, cerrando los ojos, respirando en la paz que solo este lugar puede darme. La adoración llena la iglesia con armonía, con voces que se elevan como una sola, una melodía de fe y esperanza. Abro los ojos y me uno a la alabanza, dejando que la música me atraviese, sintiéndome exactamente donde debo estar. Cuando la adoración llega a su fin, me acerco al púlpito. Miro a la congregación, sonrío y comienzo mi sermón.

—El amor verdadero no es egoísta, no busca lo suyo, no está

condicionado por lo que recibimos a cambio. Es un amor que trasciende nuestras emociones pasajeras y se agarra en la esencia misma de Dios. En 1 de Juan 4:10 dice que en esto consiste el amor: no en que nosotros hayamos amado a Dios, sino en que él nos amó a nosotros y envió a su Hijo en propiciación por nuestros pecados

Mis palabras son sinceras, basadas en la palabra y en mi experiencia, en lo que he aprendido, en lo que he perdido y en lo que he encontrado.

—Este es el amor que nos llama a vivir, un amor que da sin esperar recompensa, que ayuda al necesitado, que perdona sin llevar cuentas del mal, que camina una milla extra aun cuando el camino es difícil. No es un amor débil, sino fuerte, porque se sostiene en la voluntad de Dios y en su gracia infinita…

Continúo llevando el mensaje. Quince minutos pasaron desde que comencé a predicar. La felicidad me llena recordando que esta es mi vida, es todo lo que he deseado. De repente, las puertas principales se abren y la luz del exterior brilla con fuerza en la iglesia. Por un momento, la luz me ciega, una ráfaga de sol que me obliga a cerrar los ojos. Parpadeo, tratando de ajustar mi visión. Lo único que percibo es un brillo dorado, una silueta formada por la luz del sol. Un mechón de cabello iluminado por los rayos del día. El aire se vuelve denso, como si alguien hubiera pausado el tiempo solo para este momento. Mis manos sudan, mi garganta se cierra, y por un instante, olvido cómo respirar. Es como si hubiera vivido esta emoción antes. La luz del sol ilumina una silueta dorada, haciéndome cuestionar si es real o si mi mente está jugando conmigo.

No había equivocación, es el mismo cabello rubio que hacía años no veía y que pensé que nunca volvería a encontrar. Se acomodó en los bancos de atrás, ajena a cómo mi mundo se ha detenido en seco. Mi respiración se cortó, mi pecho se tensó. Fue un golpe silencioso, profundo, inesperado.

Como si el tiempo hubiera decidido jugar conmigo, traerla de vuelta cuando ya había aprendido a vivir sin su presencia.

Entonces, nuestras miradas se encontraron. Y allí estaba ella, con esa sonrisa suya, la misma que alguna vez fue refugio. Bastó un instante para que todo me arrastrara de nuevo a aquellos días: hermosos y dolorosos, dulces y crueles. Porque, aunque la tenía de frente otra vez, no sabía qué pensar... ni qué hacer con el recuerdo que me atravesaba como una herida que nunca terminó de cerrar.

—¡Gloria a Dios! —una de las hermanas exclamó, rompiendo el silencio.

El grito me arrastra de vuelta a la realidad, pero no cambia el hecho de que Felicity está ahí. Después de todo este tiempo. Irreal, pero tan tangible como la última vez que la vi. Logro culminar el servicio, pero mi cuerpo y mi alma aún sigue tenso. Desfilo hacia la puerta principal, como siempre hago, estrechando manos, compartiendo sonrisas, sintiendo el calor de la comunidad que pastoreo. Pero hoy, mi mente no está aquí. Está atrapada en un par de ojos azules que creí no volver a ver jamás.

Felicity se acerca cada vez más, y mi corazón martillea en mi pecho con fuerza. No entiendo porque me siento así, con alguien que hace años no había pensado. La última persona de la fila se despide con un apretón de manos y una bendición, y entonces, es solo ella y yo.

—Hola, Jay. —Su voz es suave, pero también hay un poco de nerviosismo.

La miro, absorbiendo cada detalle. Ha cambiado, pero sigue siendo la misma. Su cabello es más largo, su postura más firme, su sonrisa... su sonrisa aún es la misma que la primera vez que la vi en la piscina. Me aclaro la garganta, tratando de no perderme en la oleada de recuerdos

—Hola, Felicity. —respondo, midiendo cada palabra —No esperaba verte aquí.

—Yo tampoco esperaba estar aquí. —me dice, soltando una risa —Estoy en la isla por un mes, dirigiendo un proyecto de investigación. Me asignaron un equipo para evaluar el estado de los arrecifes en la costa este.

—No me sorprende. Sabía que ibas hacer mucho —le digo, recordando a esa chica que andaba con libros de corales y hablaba por horas de temas que todavía no entiendo.

Su mirada se desvía a la iglesia detrás de mí.

—¿Y tú? Has estado ocupado, por lo que he visto.

—Qué te puedo decir, sabes cómo soy...

—Eso es correcto, y tienes las canas para comprobarlo —bromea, una sonrisa suave apareciendo en sus labios.

De pronto, su mano se levanta despacio, titubeante, y sus dedos rozan delicadamente las canas cerca de la sien. El aire se escapa lentamente de mis pulmones, congelado en ese contacto inesperado. La suavidad de su toque envía una oleada de nostalgia y una calidez que hace tiempo no experimentaba. Nuestros ojos se encuentran y el silencio entre ambos se carga con una tensión dulce y agridulce. Felicity se queda callada, solo mirándome, sus ojos brillando con una emoción que no sé descifrar, haciéndome cuestionar qué estará pensando. Finalmente, rompo el silencio, intentando estabilizar mi respiración

—¿Y tu familia? —pregunto, queriendo mantener la conversación en marcha.

—Bien... mejor de lo que puedes imaginar. —Hace una pausa y sonríe. —Mi mamá vino aquí conmigo.

Abro mis ojos con sorpresa. No sé exactamente qué esperaba, pero definitivamente no era eso.

—¿En serio? Que bueno, me alegra mucho escuchar eso.

—Sí… No ha sido fácil, pero hemos mejorado. También, bueno… soy tía.

Las sorpresas no acaban y no puedo evitar reír con asombro.

—¿En serio?

—Sí, mi hermano tuvo una bebé hace un año atrás. Es hermosa. —Su voz se suaviza, y está emocionada contando la nueva versión de su vida que desconozco.

El silencio que sigue no es incómodo. Solo es un recordatorio de que estoy viendo una extraña con los mismos ojos de alguien que conocía.

—Es bueno verte, Jay —me dice finalmente

—Es bueno verte también, Feli.

Mis ojos bajan por instinto a su cuello, y ahí está. Mi cadena; algo que nunca pensé volver a ver. El pequeño crucifijo de plata que alguna vez fue mío. Me sorprende que todavía la tenga. No sé qué esperaba, tal vez que con el tiempo lo hubiera guardado en algún cajón olvidado, o que lo hubiera dejado atrás en una vida que ya no incluía partes de mí. Pero ahí está, reflejando con la misma intensidad con la que ella parece brillar frente a mí.

Felicity sigue mi mirada y, como si supiera exactamente lo que estoy pensando, sonríe. Sus dedos rozan la cruz, jugueteando con ella antes de mirarme de nuevo.

—Bueno, hice una promesa de devolverla —dice en voz baja.

Ella juega con la cadena entre sus dedos, como si dudara. Como si en su mente, estuviera evaluando opciones que nunca sabré. Sus ojos encuentran los míos, y por un instante, un destello de algo... ¿nostalgia? ¿Arrepentimiento? ¿O simplemente la sombra de un recuerdo que, al igual que esta cadena, nunca pudo soltar del todo?

—Aunque… —su tono es ligero, pero sus ojos cuentan otra historia—

tal vez la guarde un poco más.

Me sale una risa, recordando esa chica que siempre me mantenía en tensión con sus juegos y decisiones.

—Siempre te gustó mantenerme en suspenso. —le digo

Ella sonríe, suelta la cadena y lo deja descansar contra su piel. Se endereza, con esa misma confianza con la que siempre ha caminado toda su vida, pero sus ojos se quedan en los míos un segundo más de lo necesario.

—Nos vemos... Pastor, Jay.

Su voz suena tranquila, pero hay un brillo en sus ojos que me hace detenerme por dentro. No sé si es nostalgia, deseo o simplemente un reflejo del pasado que todavía nos sigue.

—Nos vemos... Feli.

Me quedo allí, observando cómo se aleja, con el eco de sus últimas palabras aún vibrando en mi mente. Es hermoso ver que Felicity sigue siendo el huracán que llegó a mi vida sin aviso, la sacudió y la transformó para siempre. Una voz me llama desde el otro lado de la iglesia, regresándome al presente. Me giro hacia la persona que me llama, dejando atrás el rastro de un recuerdo que, aunque importante, pertenece al pasado. Ambos hemos cambiado, hemos crecido, y aunque nuestras vidas han tomado rumbos distintos, hay algo hermoso en saber que cumplimos lo que queríamos.

SOBRE EL AUTOR

Joe M. Mercado-Rivera es un pastor, escritor y creador de contenido radicado en Puerto Rico. A través de la predicación, los podcasts y la escritura, Joe dedica su vida a reconectar a las personas con la fe, la verdad y el propósito en medio de un mundo complejo. Su enfoque está profundamente arraigado en una teología centrada en Cristo, y llegar a las personas por medio de libros, mensajes y contenido digital, todo unido por una misión clara: *"Que Cristo Jesús vino al mundo para salvar a los pecadores, de los cuales yo soy el primero." – 1 Timoteo 1:15*

¿Quieres conocer más sobre Joe y sus proyectos? Explora más sobre Joe M. Mercado-Rivera en:

www.joemercado10.com

RECONOCIMIENTOS

La verdad… nunca pensé que iba a escribir una novela. O sea, ¿yo? Pero aquí estoy. Y si hay alguien a quien darle todo el crédito, es a Dios. A Él, toda la gloria. Porque me dio propósito cuando no veía rumbo, me dio vida cuando sentía que la perdía, y me dio nuevas fuerzas cuando no quedaban muchas. Todo lo que soy, todo lo que hago, desde el trabajo más pequeño hasta el más visible, es para Él. Para anunciar que sí, Dios salva. Y como dice 1 Timoteo 1:15–16: "Cristo Jesús vino al mundo para salvar a los pecadores, de los cuales yo soy el primero." Ahí estoy yo. El número uno en la lista… pero también el número uno en ser alcanzado por Su gracia.

Gracias a mi familia, a mis padres, gracias por enseñarme lo que es el amor firme, el esfuerzo silencioso y las oraciones que no se ven, pero sostienen. A mi hermana y su familia. Gracias por hacerme reír, por inspirarme, y por recordarme que vale la pena seguir soñando. A pesar de la distancia, siempre han estado cerca de mi corazón. A mi abuela, gracias por ser el corazón sabio de esta familia. Tus palabras me han sostenido más veces de las que puedes imaginar.

A mi Real Squad... ¿por dónde empiezo? Gracias por ser más que amigos, por convertirse en familia. Por ser mis consejeros, mis "vamos a comer, aunque estés triste" y mis "hazlo, aunque tengas miedo". Ustedes han escuchado cada queja, cada locura de este libro, y aun así me siguen hablando. Ustedes me levantaron cuando no tenía nada, y me ayudaron a llegar hasta aquí. Los quiero con el alma.

Vilma, gracias por creer en mí cuando yo no sabía cómo hacerlo. Tú fuiste quien me animó a escribir esta historia. La que me empujó a escribir cuando sólo tenía excusas. La que me decía: "tú puedes" con tanta convicción que me lo creí. Quien leía cada borrador, cada oración. Fuiste la primera fanática de este libro, y sin ti, el mencionado no existiría. Me hiciste sentir que yo valía y nunca lo voy a olvidar.

Quiero agradecer de corazón a Blac Flamingo Coffee y Bookmark Hatillo, por regalarme un espacio donde pude dar forma a este libro. Especialmente a sus empleados, que con paciencia soportaron mis ocurrencias, respondieron mis curiosidades y hasta sacaron tiempo de sus turnos ocupados para escuchar mis ideas y darme una mano. Su apoyo hizo que este proceso fuera más ligero y especial.

Y por último... a ti. La persona que inspiró esta historia. Gracias por ser parte de mi proceso, por enseñarme lo que es la valentía, la ternura, y también el dolor que transforma. Gracias por mostrarme que sí se puede volver a soñar, incluso cuando uno no sabe por dónde empezar. Espero que estés bien. Sé que estás viviendo tu vida. Y aunque nuestras historias tomaron rumbos distintos, siempre te voy a desear lo mejor... desde lo más honesto de mi corazón. Este libro no sólo nació de tinta y papel, sino de fe, lágrimas, risas y personas que me amaron hasta cuando yo no sabía cómo amarme. Gracias por ser parte de esta historia, aunque sea entre líneas.